존재의 저편

만년의 양식을 찾아서

존재의 저편

김병익 글 모음

문학과지성사

우경이와 운자,
예령이와 정훈,
예림이와 권수,
예란이,
그리고
윤서에게

가난한 마음으로
삶의 마지막 자락을 여미며

책머리에

『한겨레』에 실었던 칼럼들 중 근래의 것과 그 글들 쓰기에 즈음해서 덧붙인 이웃 글들을 모아 책으로 묶는다. 2013년부터 올해 초까지 10여 년 맡아오던 이 이어 쓰기의 글자리를 더 채우기 힘들어 마무리를 간청했고, 그러고서 눈 밖으로 밀쳐내지 못한 그 글들을 지난 시절의 버릇처럼 한자리에 모은 깃이다. 이 이은 글들 가운데 앞의 것들은 이미 『시선의 저편』(2016), 『생각의 저편』(2021)으로 묶여 나왔기에 '저편'의 이 글들 마지막이 '존재'라는 가장 무거운 말을 떠안아 받쳐주기를 바라 제목으로 당겨왔다. 보기, 생각하기, 그리고 나서의 부닥칠 것이 '있음'의 물음들이어서 끌어오기는 했지만, 형이상학적인 분위기로 싸안는 이 말의 무게를 내가 감당할 수 있는 것은 아니겠다. 그럼에도 그 무거움을 짊어지기로 한 것은 이게 내 생애의 마지막 글모음일 것이 분명해, 그 설움을 견디기 위해 나 스스로에게 안기는 안간힘 때문일 것이다.

내가 어쩌다 '저편'이란 말에 상념들을 빠뜨리게 되었는지 아슴아슴하지만, 서른 해 넘어 전의 어느 날 이쪽 집에서 맞은편 건물 창을 바라보며 그 가까운 거리의 아득함을 절실하게 느낀 적이 있었다. 그것이 거리감인지 이물감인지, 문득 떠오른 타자화의 이질감에 무척 당혹스러워했는데, 그게 '이방인'으로 느낀 실존적 존재감이었을지도 모르겠다. 내가 가족을 갖게 되고 친구를 사귀며 이 세상 사람들과의 더불어-있음을 깊이 의식하면서도 그 이방감이 아주 지워지는 것은 아니었다. 그래서 그 말은 인간의 원초적인 존재상에 대한 보편적 인식에서 나온 것이라고 짚어두어야 할지도 모르겠다. 사람들과 그들이 얽혀 살아가는 이 세상에 대한 이 새삼스러운 이별감은 앞날이 얼마 남지 않았다는 자의식에 젖어들면서 다시 새삼스레 솟아 내 안 어디 구석자리에서 문득 고개 쳐들고 자신의 아픔을 불러내곤 해온 것이다. 저편의 '저'는 그래서 아득하고 아스라하고, 보일락 말락, 닿을락 말락 안타깝고, 그 탓에 그게 서늘한 부름이 된다. 모든 것은 저편에서 부르는 것이고 내 모든 것은 그 부름에 따라 저편을 향해 움직거리는 것이라는 망구(望九)의 속삭임이 수수롭다. 이 잡스러운 글들은 그 주책스러운 나이를 그렇게 자연스러운 속살로 여기며 마음 여민 가운데 엉겨 나온 것이다.

　이 설움들을 서늘한 책자로 만들어준 문학과지성사와 손수 편집을 맡아준 이근혜 주간에게 그 고마움을 속으로나 여미고 가야 할 짐이란 말로 인사를 차린다. 옆에서 글마디 고칠 것을 짚어주는 지영에게 수굿한 인사로 다독거린다. 이 작은 책은 결국 아들과 세 딸, 며느리와 사위들, 그리고 다소곳한 손녀에게나 전해지는 것으로 그칠 것이다. 그 오붓한 자식들이 끝내 내 마지막 마음들의 이음이 되어줄 것이어서 미리 말길을 열어둔다.

2024년 여름
김병익

차례

I.

탐독,
오늘을 사유하다

'떠도는 말들'

낡은 자료 더미에서 내 옛글 하나를 찾아내는 데 성공했다. '60년대 신어'라는 50년 넘어의 『동아일보』 전면 기사(1969. 12. 20.)였다. 1970년대의 새로운 10년대를 맞으며 당시 기획부장으로 후일 『이승만과 김구』라는 대작을 완성할 손세일 선생의 지시로, 5년 차 젊은 기자였던 내가 4·19혁명, 5·16군사정변으로 개시된 다난한 1960년대의 역사를 휘저은 유행어를 찾아 그 뜻과 원천을 찾아본 것이다. 신문사 조사부에서 10년 치 신문을 훑으며 정리한 어휘는 41개, 가나다순의 '어원에 비친 세태' 풀이는 가령 이랬다. 그 첫 말 '구악·신악': "5·16 전과 후의 정치적 악폐. '현 정권의 부패와

15

구악을 일소한다'는 혁명 공약에서 유래한 이 신조어는 혁명 이후의 부정부패란 '신악'을 유발했다. 혁명 3개월 후 재건국민운동본부 차장 이지형 장군이 '혁명정부 안의 부패 가능성 내지 그 영향'을 '신악'이라 경고, 신조어의 책임자로 조사받았는데 증권 파동 등 '4대 의혹'과 '3분(三粉) 폭리'의 '신 4대 의혹'이 터진 후 민정당 창당대회선언문(1963. 5. 14.)은 속성된 '신악' 앞에 '구악'이 무색이라고 일침."

정치 · 사회 · 문화 등 당대 유행어에는 '미니' '바캉스'란 당시의 후진적 생활상을 보이면서 이제는 상용어가 되어버린 말도 있고, '사꾸라' '우골탑'처럼 그때는 심각했지만 지금은 사라진 말도 있다. '아니꼽고 더럽고 메스껍고 치사한' 꼴을 '아 · 더 · 메 · 치'로 줄여 비꼰 말은 '너나 잘하세요'란 요즘의 말로 자리바꿈하고 '구악 · 신악'은 '적폐 · 신폐'로 바뀐 듯한데, "장도영 중장 등 '반혁명분자'가 박정희 장군을 비롯한 혁명 주체 세력에 도전했다"는 서정순 중령의 발언에서 언급된 '주체 세력'은 5 · 16 군부에서 오늘날 '86세대'로 옮겨 간 것 같다. '부익부 빈익빈' '부정 축재' '정치 교수' 현상은 외려 더 심해진 듯하고 '비대면' '거리두기'는 코로나19로 생긴 새말이며 '갑질' '알박기' '끝판왕'은 반세기

후에도 다름없이 야속한 시속을 향한 야유겠거니와, 이 시대의 심리적 구조를 가장 잘 드러내며 씹을수록 실감 나는 말은 '내로남불'이지 싶다. 30년 전 비평가 김주연으로부터 약어 아닌 문장으로 듣고 박장대소하며 한 칼럼에 인용한 적도 있었는데, 그 고까운 역설이 던지는 시니컬한 효과도 정치인의 때를 만난 희언(戱言)으로 회자되면서 커졌고 그 야유가 한 정당의 표상으로 지목되고 있음은 이번 재보궐선거 때에야 비로소 알았다.

내 유행어 캐기가 나온 지 4년 후, 말에 대해 진지한 작가 이청준이 「떠도는 말들」을 발표했다. 전화가 오는데 잘못 온 것이거나 장난질한 것, 전화하고도 아무 말 없거나 엉뚱한 말, 혼선·오인, 헛말과 욕설이 겹치는 현상에 부닥치자 화자인 자서전 작가는 "모든 전화들이 어찌 된 심판인지 거개가 다 혼선 아니면 오접, 착각 아니면 고의에 의한 장난 전화들뿐이라는 사실"에 전율한다. 그러고는 "모든 말들이 길을 헤매고 있다. 사람들은 말들을 혹사했고 배반했고 기진맥진 지쳐나게 했다. 말들은 고향을 잃어버렸고 그들의 고향에 대한 감사와 의리를 잃어버렸다"는 진단에 이른다. 이미 「소문의 벽」으로 말의 자유를 잃고 있는 현실 세계의 억

17

압을 폭로했던 이청준은 '언어사회학 서설'이란 무거운 부제를 달고 있는 이 「떠도는 말들」의 연작 「자서전들 쓰십시다」「지배와 해방」으로 말을 자리 잡아두기 위한 고통스러운 작업 끝에 「가위 잠꼬대」를 쓰게 된다. 마침 잡지에서 그 편집을 맡은 나는 '가위눌림'이란 노골적인 지탄으로 책이 판금될 수도 있겠다고 걱정하면서도 작가의 그 절박한 뜻은 꼭 살리고 싶었다. 고심 끝에 한문학 교수에게 의뢰해 어려운 한자어를 받아 바꾼 제목이 읽기조차 힘든 '몽압발성(夢魘發聲)'이었다. 이 연작소설은 순수한 언어의 세계를 추구하는 그의 또 다른 연작소설 '남도 사람'과, 가짜와 혼란이 지배하는 「떠도는 말들」의 대립 속에서 진실이 회복되고 참된 마음이 자리 잡아 말이 지닌 본연의 가치가 되살아나는 「다시 태어나는 말들」의 세계에 이르러 완결된다. 이청준은 판소리 세계의 깊은 설움과 그 유장한 사설에서 진정한 언어의 존재론적 의미를 되찾은 것이다.

나는 조국 사태 이후 코로나19의 비상사태까지 겹치며 지방자치단체장 선거에 이르는 속에서 '떠도는 말들'의 폭력적인 소란이 난무하는 것을 보아왔다. 인심이 그처럼 그악하지 않았던 50년 전에는 전혀 예상도 할 수 없었던 이메일,

카톡, 댓글 들에 유튜브, 페이스북, 트위터(X)의 갖가지 디지털 언어 소통 수단과 방법이 엄청나게 늘어나고 아무 통제 없이 유통되어 양과 폭이 한없이 폭발하는 전자문자들 세계는 참으로 방자하고 문란했다. 새로운 전자 기기의 활용에 미숙한 나는 그 미디어들이 펼치는 세태의 말들을 알아채는 데 무력해서 '팬덤' '턱스크' 같은 말은 손녀에게 물어 알았고 '유체이탈 화법' '폭망'은 한자로 뜻을 더듬으면서 우리 사회가 이미 대중적이기를 넘어 인류가 처음 겪는 '디지털 매스미디어' 시대로 들어서고 있음을 깨달았다. 대중사회든 디지털 시대든, 그 새로운 사태에 젖어들기의 어려움에 보태, 일찍이 이청준이 두려워했던 '가위눌린 말'의 상태에, 오용과 남용, 억압과 폭력의 언어적 상황으로 빠져들고 있음을 확인해야 했다. 한 칼럼의 댓글에서, 우리 편이 아닌 "당신, 군대 갔다 왔어?"라는 반공시대적 프레임의 적의를 보고 '1103'으로 시작하는 60년 전 졸병 군번을 외워보면서 우리가 '1984년'으로 돌아가는 건 아닌지 싶었다.

정치학자 고세훈 박사는 "정치는 언어를 타락시키고 타락한 언어는 정치를 부패하게 만든다"고 그의 진지한 저서 『조지 오웰』에서 강조하고 있다. 나도 바로 오웰의 『1984』 세계에서 진행되리라고 예고된 '신어'의 기획에 공포를 느끼면서도 그 세계를 문학적 상상으로만 밀쳐두고 싶었었다. 민주주의와 자유가 보편화한 이제 그 '신어의 세계'로의 후퇴가 가능할까. 그럼에도, 요즘 정치인들처럼 '거짓말쟁이' '투기꾼' 등등 그 말을 쓴 이에게 부메랑으로 돌아올 수도 있을 언어폭력의 난장이 펼쳐지는 것을 보며 오웰의 악몽이 그저 상상만이 아님을 깨달았다. 정치가 바로 가려면("政은 正也") 말의 품위와 진실을 되찾아야 하고 그것은 우선 언어의 제자리 찾아주기("언어는 존재의 집")가 정치에서 우선 수행되어야 할 것이었다. 이 시대에 먼저 찾아야 할 이 소망은 오늘의 스마트 시대에 너무 스마트한 꿈일까. 그 꿈꾸기만은 허용될 수 있기를(!), 나는 고통스레 바랄 뿐이다.

〔2021. 4. 23.〕

외디푸스 이야기

출판사에서 기증하는 책을 무심코 받아 집에 와서 펼쳐보니 안재원이 지은 『아테네 팬데믹』이었다. 처음 이름을 보는 저자의 약력을 살피다가 우리나라의 학계도 영어나 일본어로 보던 그리스 고전을 원어로 읽고 연구하는 수준으로 어느 사이 뛰어오른 발전을 반가워하며, 그래서 더 이 책을 읽어보기로 작심하게 한 것은 바로 우리가 처한 '팬데믹' 상황을 25세기 전의 그리스는 어떻게 겪고 이겨냈는지 궁금해서였다. 그리고 나의 굳은 머리로 우선 다가온 것은 '콤플렉스'란 프로이트의 말로 익숙한 외디푸스(책엔 '오이디푸스'로 표기되었는데 나는 내게 익숙한 '외디푸스'로 쓰겠다) 왕 이야기였다. 관심의 그 챕터는 아버지를 죽이고 어머니를 아내로 삼은 비극을 예상한 내 짐작과는 달리 '진정한 통치자'란 의외의 제목을 달고 있었다.

"태어나서는 네 발로, 성장해서는 두 발로, 늙어서는 세 발로 걷는 자가 무엇인가"라는 수수께끼를 '인간'으로 풀어 넘으로써 스핑크스를 자살케 한 외디푸스에 관한 이야기를 시작하면서 저자는 그 비극의 작가인 소포클레스가 "역병은 사회 질병인 동시에 정치적인 사건"으로 해석하고 있다는 의외의 신화 분석으로 전개하고 있었다. 나는 이른바 '외디푸스 콤플렉스'를 아들이 어머니를 사랑하고 아버지를 질투하는 '복합심리' 정도로만 알고 있었는데 저자는 그런 미시적 관점에서 "역병은 욕망과 동행한다. 그 욕망은 때로는 '자유'의 이름으로, 때로는 '생존'의 울부짖음으로 표출되고 그것을 이른바 '경제 코로나'라고 부르기도 한다"는 거시적 관점으로 아주 크게 확대하여 국가적 문제로 제기하고 있었다. 그러고 보니 실제로 유행성 발열 증상으로 생각된 이 코로나의 전염은 마스크를 쓰고 사람들과 거리를 둔 접촉을 요구하며 사회 전반의 방역과 치료를 강제하며 전쟁보다 더 심하고 대공황보다 더 진한 불황을 안겨주었다. 그 인과관계는 여하간 시민의 '자유'를 제한하고 '생존'의 위기감을 실감하게 한 고통을 안겨준 것이 사실이었다.

테베의 환란은 역병의 원인을 추궁하는 과정에서 그 인과를 깨닫게 한다. 역병의 근원에 대한 신탁의 답변은 윤리적인 죄였고 통치자인 외디푸스는 당연히 죄를 추적하여 "진상을 끝까지 파헤쳤고 그 결과 자신이 범인임이 밝혀지자 스스로 추방의 길에 올랐다. 아테네를 오염시킨 범인을 추방하겠다고 스스로 공포한 칙령을 준수한 것이다". 이 비극의 원인은 자신의 잘못보다는 피할 수 없는 운명에 있었다. 그는 태어날 때 아비를 죽이고 어미를 범할 패륜아란 점지를 받고 버림받았으며 자기의 그런 태생을 모르고 방황하는 중에 그 비극적인 예언을 실행하고 만 것이다. 그 잘못의 근본은 자기가 누구인지 모른다는 데 있었다. 그리고 그리스인의 질문은 '그는 누구인가'에서 연장된 '나는 누구인가'였고 그 질문의 답변을 재촉한 것이 소크라테스의 "너 자신을 알라"였다. 외디푸스는 이 질문의 의미를 어머니이자 아내인 여인의 브로치로 자기 눈을 찌르는 것으로 추궁했고 맹인이 되어 딸 안티고네의 손에 의지하여 방황하는 것으로 죗값을 치른다. 이로써 디오니소스 극장이 "전쟁과 역병으로 무너진 아테네를 재건하고 사회를 성숙한 시민공동체로 만들기 위해" 건설되는데, 저자는 이 비극의 과정을 "진실을 향해 나아가는 용기"라고 적는다. "국가의 뿌리는 진실이다. 진정성이야말로 통치자가 가져야 할 가장 중요한 덕목이다. 그런 점에서 외디푸스는 역병과 전쟁으로 이중의 위기에 처한 아테네 시민들이 희구한 통치자였다. 그는 성실함, 진실함, 책임감을 모두 갖추고 실제로 행동에 옮긴 사람이었다."

나는 좀 엉뚱하지만 오늘의 우리 현대사를 살아오며 돌아보는 중에 우리가 외디푸스의 속죄 과정과 비슷한 경로를 밟아오지 않았을까 하는 생각이 자주 든다. 서양과 일본의 강요에 의해 나라의 문이 열리면서 우리나라는 동학혁명과 민족 주권의 상실, 식민 통치와 민족적 수난, 분단과 전쟁, 그리고 8·15와 6·25에 이은 남북 냉전, 4·19와 5·16의 혁명과 쿠데타, 군부 독재와 호헌 운동 등 전례가 드문 환란과 사태의 연속이었다. 그럼에도 두 세대 후의 한국은 세계 10위권의 선진 자유국가가 되었다. 이에 이르기 위한 국민들의 희생과 노력, 열정과 창의의 정신과 헌신은 아무리 자부해도 지나침이 없으리라. 그럼에도 내가 의아히 여기는 것은 경제·문화적으로 선진화하고 정치도 서구 수준으로 민주화하고 있음에도 그 통치자는 왜 불운을 면하지 못하고 때로는 비극적인 결말에 이르렀을까 하는, 작지만 결코 무시할 수 없는 아이러니였다.

초대 '국부'는 하야 후 망명해야 했고 한국 근대화의 주축은 시해당해야 했으며 경제 성장을 유지하고 외교와 도시의 확장에 대응한 군부 출신 대통령은 감옥살이를 해야 했다. 민주주의를 서민의 일상으로까지 확장한 대통령은 자결했고 최근의 두 대통령 역시 부정과 실정으로 투옥 중이다. 물론 장기 집권욕, 군사적 폭압, 부정이란 개인적 잘못이 분명하지만, 외디푸스의 운명을 생각하는 지금의 내게 그런 정치사적 곤욕은 그 불운한 통치자가 속죄자가 된 덕이 아닐까 싶어진 것이다. 그들은 잘한 수고를 통해 우리를 발전시키기도 했지만 그들의 잘못과 죄를 통해 우리를 깨우치고 좋은 길로 나아가도록 인도한 것이 아닐까 자문하면서 내가 역사를 너무 관대하게 보는 것은 아닐까 싶기도 하다.

물론 역사는 현명한 통치자의 영도로 진보하기도 하고 그럼에도 그 바라는 바와 달리 역행할 수도 있다. 거꾸로, 그처럼 우매한 왕 때문에 불행해지기도 하지만 그 불행에 대한 저항이 더 멋진 역사를 이끌어오기도 한다. 우리의 많은 역사가 그 사실을 증거하지 않는가. 아마도 인간의 덕성과 역사의 진행은 언제나 함께 가는 것은 아닌 듯하다. 내가 역사 허무주의에 빠진 것은 아닌가? 이런 자기 혐의에도 불구하고 인간의 선성(善性)과 역사의 진행이 동행하지 않는다는 진실은 굽혀지지 않는다. 그럼에도, 아니 그렇기에, "코로나 사태는 모든 인간이 벌거벗은 존재이고 서로 적이 아니라 친구라는 점을 깨닫게 해주었다 해도 과언이 아니다. 결론적으로 인류는 하나이고 본성적으로 서로 친구이며 또 친구일 수밖에 없다는 것이다. 어쩌면 21세기의 스핑크스인 코로나가 우리에게 던지는 물음에 대한 하나의 답변이리라"라는 역설적 결론을 곱씹지 않을 수 없게 된다. 나는 서구의 고전에서 읽은 것과 오늘의 현실에서 겪는 것 사이에서 그 거리감을 잴 수 없게 되어버리고 만 것이다.

〔2021. 6. 18.〕

일본, 그 '반성 없음'의 구조

2년 전 이맘때 나는 '전범국의 자기기만'이란 제목으로 일본의 국가적 '반성 없음'에 대한 비판을 주제로 이 칼럼을 썼다. 스스로 일으킨 전쟁에서 결국 미군에 투항하면서 자신들을 원폭 피해자로 자처함으로써 전범국이란 책임에서 벗어나며 그 역사적 과오를 인정하지 않고 있다는 이야기였다. 선배 언론인 최정호 선생의 지적에서 배운 관점이었다. 그 후 나는 내 글의 책임을 지기 위해 일본의 한국에 대한 태도에 좀 유심했고, 그 관점은 오히려 더 강조되어야 한다는 쪽으로 발전했다. 일본은 반성은 고사하고 부끄러운 역사를 지우는 데 급급하다는 사실을 잇달아 확인했기 때문이다.

그들은 미국과 독일에 세워질 '평화의 소녀상' 건립을 맹렬하게 반대하며 '일본군 위안부'란 운명이 안겼을 인간의 보편적 슬픔을 읽지 못한 채 자신들의 비행에 대한 비난으로만 여겨 그 증거를 지워버리려 했다. 이어, 군함도의 유네스코 인류사 유적 지정 문제가 제기되었다. 어느 나라든, 인권의 나라인 영국과 미국에서도 개발과 개척 시대에 소년공 학대와 원주민들에 대한 폭력이 자행되었고 그 사실을 부끄러워하면서 잘못을 분명하게 인정하고 보상에 나서기까지 하고 있다. 그런데 일본은 군함도 개발을 자랑하면서 거기에 자행된 식민지 백성에의 강제와 고통을 인정하지 않았고 유네스코의 권고에도 그 기록을 기피하며 자신들의 역사를 미화하려고만 했다.

그리고 우리 법원이 한국인 강제동원 노동자에 대한 일본기업의 보상을 지시한 판결을 내리자 일본은 기업들의 대한국 부품 수출을 제한하는 보복 조처를 취했다. 국제간의 사법부 판결 적용에는 복잡한 의견들이 개입하겠지만, 사법 차원의 문제를 경제 영역의 보복으로 전환한 궁상은 마땅히 비판받아야 할 일이었다. 이어, 주요 7개국(G7) 정상회의 확대에 미국이 한국도 포함시키려 하자 일본이 노골적으로 반대한 것. 그럼으로써 그들은 아시아적 '사대선린' 체제를 깨뜨리며 '대동아공영권'의 패권국이란 화려한 수식을 지키려 했다. 그 때문에 제2차 세계대전의 전범국으로 응징되어야 했는데, 원자탄의 피폭국이란 명분으로 오히려 전쟁 피해국으로 분장하여 그 책임을 회피했다. 그러고서 미국의 비호 아래 1950년대의 한국전쟁, 1960년대의 베트남전쟁에서 미군의 병참기지가 됨으로써 전후 복구에서 더 나아가 세계 2위의 부국으로 크게 성장했다. 그럼에도 그들은 한국에 대해, 그 발전에 대해, 더 억누르지 못해 안달하는 듯 보였다.

드디어 외교관으로서 인격과 국격을 의심케 한 소마 히로히사(相馬弘尚)의 극우적 망언. 나는 여기 이르러 일본의 한국에 대한 억지가 혹 한때 그들의 식민지였던 나라의 비약에 대한 콤플렉스 때문이 아닐까 싶은 생각이 들었다. 수준 전반에서는 아직 우리가 일본에 따르지 못하고 있다는 판단이긴 하지만, 지난 60년 동안 조금씩 일본을 추격해왔고 어떤 부분은 추월했다고 자부해도 좋을 점들이 보였다. 1980년의 한국 개인소득은 일본의 6분의 1이었지만 지금은 일본이 4만 달러 남짓이고 한국은 3만 달러를 넘었다. 일본이 자랑하던 자동차 산업도 미국과 동남아에서 한국에 추격당하고 있으며 21세기 산업으로 각광받는 반도체와 배터리에서는 오히려 우리가 크게 앞선다. 유엔무역개발회의(UNCTAD)에서 '선진국'으로 만장일치 공인받은 한국의 역동적 성장에 그들은 놀라고 질시하며 두려움을 느끼지 않을 수 없을 것이다.

이런 내 생각을 확인시켜준 것이 미국인 학자 태가트 머피의『일본의 굴레』란 저서였다. 일제강점기에 태어났기에 일본 우월주의를 아직 벗지 못한 내게 이 책은 일본이 '한국으로부터 도전'당하고 있음을 분명하게 알려준다. 미국에서 신세대 정보 기술(IT) 기업들이 쏟아져 나오는 가운데 "일본의 전자 기기 거인들이 한국의 대기업 삼성에 밀려 골동품이 되어간다"며 "한국의 기업들이 소비자 가전제품에서 대중문화에 이르기까지 다양한 영역에서 일본을 압도하고 있다"고 평하고, 그런 만큼 한국이 유리한 점 세 가지를 꼽는다: "한국에는 국제화된 엘리트가 더 많다; 한국의 정치경제 기관들은 훨씬 더 명확한 권력 구조와 뚜렷한 책임 소재를 갖고 있어 빠르고 과감한 의사 결정을 내릴 수 있다; 남북 대치와 북한의 위협이란 '실존적 위협' 때문에 실수가 허용되지 않는다."

쓰쿠바 대학 교수로 일본에 누구보다 정통해 보이는 저자는 일본의 이러한 사양(斜陽)에 "일본의 전범들은 원치 않은 재난에 마지못해 끌려들어 간 수동적 피해자처럼 행동했다"고 비판한 사상가 마루야마 마사오(丸山眞男)를 인용하면서 '다테마에'(겉태도)와 '혼네'(속마음) 간의 오웰식 이중사고를 적용한다. 그 겉과 속의 다름이 책임지지 않는 태도를 가져오고 그 무책임이 반성도, 비판도 희석시키며 혁명이란 생각도 못 할 일로 만든다. 우리나라가 지난 60년 동안 몇 차례의 혁명 혹은 그 비슷한 유사 변혁과 권력 교체를 통해 국민적 · 정치경제적 · 사회문화적 도약을 이루어 오늘에 이르렀는데 돌이켜보면 일본은 천황의 '만세일계(萬世一系)'를 자랑하며 전후 60여 년 동안을 중국과 별로 다를 바 없는 '일당독재'적 자민당 체제 속에서 '갈라파고스 현상'에 갇혀온 것이다. 게다가 상징적 표상인 천황, 문벌로 나뉜 내각, 완강한 관료로 삼분된 권력 구조 때문에 새로운 정책 선택 결정권과 그 결과론적 책임을 서로 미룬다.

"일본은 미국의 품 안에서 벗어나지 못했다"는 판단에서 세계 3대 부국임에도 정상회담에서는 미국 눈치를 보며 기를 못 펴는 '소국 근성'의 일본을 보고, 메이지 유신에서 오히려 '왕권 강화의 복고주의를 통한 근대화'에 이른 역설을 성취한 대신 "1930년대의 제도적 결함들을 1945년 이후 고치려 하기보다는 감추기에 급급했다"는 머피의 날카로운 비판에 나는 공감한다. "한국인들이 세계화에 일본보다 훨씬 더 우월하게 대응"하고 있다는 그의 인식이 미국 학자의 '다테마에적 발림'은 결코 아니었다. 그 무력감 · 무책임 · 무반성의 실재가 무더위 속에서 펼쳐진 2021년의 '2020 도쿄올림픽'에서 재현된 것이다. 세계 최대의 행사를 유치했음에도 정작 그 유치 공로자는 개회식에 불참하고 천황은 '축하'를 전하지 못하는, 그럼에도 8월 땡볕과 코로나 델타의 긴급 사태 속에서 무관중 경기로 강행하는 책임을 아무도 묻지도, 지지도 않았다. 세계를 위한, 미래를 향한 어떤 비전도 보이지 않은 폐회식에서 나는 왜소해진 일본을 또 보았다. 이런 일당 장기 정권 체제의 정치적 무책임 구조가 한국을 오염시키지 않기를 나는 바란다. 우리 양당 체제의 정책 선택과 그 책임 담당이 일본보다 앞서 있다는 자부 때문이다.

〔2021. 8. 13.〕

검열 빠져나가기

　언론중재법 개정안을 놓고 여와 야, 정부와 언론계가 한참 뜨거운 논쟁을 벌이고 있을 때 나는 마침 출간된 지 얼마 안 된 『검열관들』을 읽고 있었다. '국가는 어떻게 출판을 통제해왔는가'란 부제를 붙인 이 신간의 저자는 우리에게 『고양이 대학살』이란 재미있는 화제로 잘 알려진 하버드 대학 사학자 로버트 단턴이다. 18세기 프랑스 지식사회사의 뛰어난 연구자로 딱딱한 이론적 분석보다 역사의 흐름을 이야기체로 서술함으로써 한 시대의 큰 전개 과정을 흥미롭게 재현하는 미국 '신사학'의 주도자이다. 이 석학이 이번에는 시야를 18세기의 프랑스에서 19세기의 인도, 20세기의 동독으로 넓혀 그 각각의 도서 검열의 실제를 재현하고 있다.

프랑스의 18세기는 루소, 디드로 등 계몽주의자들이 앙시앵 레짐(구체제)을 비판하는 저술들을 왕성하게 출판하고 그 성과로 프랑스대혁명을 일으킨 시대다. 그러나 백과전서파를 중심으로 한 구체제 비판이 결코 자유로운 것은 아니었다. 당시의 검열은 왕조 권력 비판만이 아니라 신학·철학·과학 등 사상과 학문 전반에 걸쳐 이뤄졌다. 새로운 사조 전반에 대한 루이 왕권과 교회 억압이 무척 넓고 깊었다. 『검열관들』에 의하면 인쇄기가 한창 확장되던 이 시기의 숱한 저술들을 검열하기 위해 출판총국은 문학인들을 많이 동원했다. 그러니까 서로 알 만한 지식인·문인 들이 원고를 검토하는 것이기에 저자와 검열자 간의 토론도 왕성했고 그래서 양자의 합의로 수정되는 예가 많았던 것 같다. 그러고도 허가 없이 출판된 불법 도서는 서점 판매대 아래 혹은 거리 도서판매인들의 망토 안에 감추어져 거래됐다.

프랑스의 도발적인 저자들을 위해 다행이었던 것은 출판 허락이 나지 않은 원고를 이웃 벨기에나 영국에서 책으로 낼 수 있다는 것인데, 볼테르가 프랑스 밖에서 오래 살았던 것은 그 때문이었다. 이 프랑스 검열의 역사에서 매우 인상적인 인물이 기욤 말제르브이다. 대법관의 아들인 그는 도서 정책의 총책인 출판총감으로 1750년부터 13년 동안 재직했는데 그 자신이 계몽주의에 동조적이었다. 그는 『백과전서』 원고들이 경찰에게 압수당할 처지가 되자, 디드로에게 "프랑스에서 가장 안전할" 자기 집으로 몰래 옮겨 오도록 권해 숨겨주었다. 그는 공포 혁명기에 기요틴으로 처형되었지만 그 혁명을 유발하는 데 큰 영향을 준 『백과전서』를 볼 수 있었던 것은 그의 덕이었다. 역사는 이런 아이러니 속에서 성취된다.

19세기 영국은 멀리 떨어진 광대한 인도 대륙을 통치하기 위해 여러 언어로 발간되는 현지 도서들을 치밀하게 검열해야 했다. 그런데 두 가지 난점이 있었다. 가혹하게 식민 통치를 하고 있지만 정작 영국 본토는 존 스튜어트 밀을 비롯한 자유민주주의가 활발하게 주장되고 제도화되고 있었다. 그러기에 인도 총독은 식민지에서의 언론 탄압을 되도록 소리 죽이며 수행해야 하는 '자유주의적 제국주의'의 딜레마를 치러야 했다. 게다가 식민 인도 내부는 문맹자가 압도적이어서 비판적인 발언은 책을 통해서보다 시골 하층 패거리들의 즉흥 공연에서 더 많은 민중적 호응을 얻었다. 총독부가 인쇄소를 폐쇄하더라도 그 효과를 제대로 얻을 수 없을 것은 당연했다.

20세기의 동독은 호네커 정권 붕괴, 서독과의 통일 후에야 비로소 강력한 비밀경찰 조직과 함께 치밀한 도서 검열 실태가 폭로되었다. 당국의 지시를 받아 원고를 검토해야 하는 검열관들이 같은 작가동맹 회원이었기에 문제가 있다 싶으면 표현뿐 아니라 그 밑에 숨은 사상까지 삭제·수정· 보완을 위한 토론이 벌어졌다. 작가들을 위해 다행스러웠던 것은 공산 치하의 소련처럼 횡행한 사미즈다트(유통 가능한 원고)가 서독으로 넘어가 출판될 수 있고 그 책들이 동독으로 숨어들어 온다는 것. 공산국가에서 가장 부유했고 '인간의 얼굴을 한 사회주의'의 전범으로 보이고 싶은 동독의 국가적 체면 때문에 모질게 비판 서적을 탄압할 수도 없었다는 것이다.

기자로, 필자로, 편집자로, 발행자로 35년 동안 책과 인연을 맺어온 나로서는 이런 과정과 결과를 보며 감회가 깊지 않을 수 없었다. 돌이켜보니 우리는 해방 후 분단의 엄혹한 냉전 체제와 군부의 독재 통치 등을 겪었다. 나 역시 초등 교육 이후 50년 동안 단턴이 묘사한 여러 형태의 갖가지 통제 속에서 '검열의 문화사'를 살아온 것이다. 기사나 책에서 문제될 부분은 종교나 과학, 섹스가 아니고 북한과 공산권의 소식과 사상, 그 못지않게 박정희, 전두환 정권 비판 등 두 가지 주제였다. '기관원'은 검열이나 원고·기사의 통제를 위해 매일 아침 기자보다 먼저 신문사에 출근했고 모든 신간과 중간 들은 기록과 통계를 위해서가 아니라 검열을 위해 문공부에 제출해야 했으며 '납본필증'을 받지 못하면 '금서'가 되었다.

나는 검열 통과에 제법 센스가 있어 가령 '위대한' 마르크스 저작이란 번역문을 '문제적' 마르크스 저작으로 고치고, 정문길의 『소외론 연구』 첫 장 '마르크스의 소외론'은 본문 수정 전혀 없이 제목만 '1840년대의 소외론'이라고 "눈 감고 아웅 하는 식"으로 바꾸었는데 요행히 그게 판금의 위기를 넘겼다(고 생각된다). 그러기 위해 내 이름으로 발행된 모든 책의 초고나 초교지를 내가 직접 보았고 그 덕분인지 판금 처분된 책은 기적적으로(!) 거의 없었다. 물론 우리 검열관들이 반공과 유신 정권의 특정 주제의 문면만 피상적으로 주목하는 무지와 게으름 덕이 컸다. 그랬던 나도 정작 내 책 하나가 판금되고 말았다. 『지성과 반지성』이 3쇄 납본('판과 '쇄'를 구별하지 못하는 무지!)을 하고서 뒤늦게 금서 딱지가 붙은 것이다. 김지하의 「오적」에 대한 한 신문 사설의 황당한 비난을 '반지성'의 사례로 인용한 것이 들켰던 것 같다.

1990년대 문민정부가 수립되면서 검열이 사라지고 금서도 없어졌는데 관의 아량에 의해서가 아니라 출판인들의 집요한 저항과 정치적 민주화 덕분이었다. 운동권 서점의 매대 아래 도서 판매 효과도 활발했지만, 동구에서 사유화가 허락되지 않은 복사기가 우리나라에서는 자유롭게 보급된 사정이 크게 작용했을 것이다. 그것은 어떤 책도 복제할 수 있어 '금서'의 강제를 지우는, 권력에 대한 기술 상품의 승리였다. 오늘날의 사정은 달라져, 관의 사전 검열이 아니라 독자들의 무지 · 무책임의 '사후 검열'인 '댓글'이 걱정이다. 그럼에도, 검열의 억압 속에서 대혁명은 발발했고 인도는 해방되었으며 동독은 사라지고 만 사례는 출판의 자유를 억제한 정권이란 끝내 패배한다는 분명한 역사적 교훈으로 여전히 환기될 것이다.

〔2021. 10. 8.〕

후석(後石)의 유묵 두 점

지난 초여름, 크고 우아하게 제작된 최정호 선생님의 회고록 『인물의 그림자를 그리다』와 국문학자 김건우 교수의 아담한 연구서 『대한민국의 설계자들』을 선물받았다. 최정호 선생님은 철학자이자 언론인으로 특히 서구 정통 공연문화를 많이 관람하고 소개한 『세계의 공연예술기행』을 비롯해 여러 권의 귀중한 저서를 내신, 나이로는 다섯 살 위지만 인문학과 문화에 대한 지식과 언론계 경험이 그 몇 배나 되는 분이어서 내가 어려워하며 말씀들을 경청하는 대선배이다. 처음 인사하는 자리에서 자기 책을 기증한 김건우 교수는 국문학자임에도 해방 후 주로 평안도에서 월남하여 1950년대

한국 지식사회에 압도적인 영향을 행사한 『사상계』의 장준하 선생과 그 주변의 지식인들에 대한 지적 궤도를 추적하여 그 성과를 4년 전 책으로 묶었다.

한 세대 차이에 활동 영역도 다르지만 내가 바란 대로 두 저서는 똑같이 천관우(千寬宇) 선생께 한 챕터를 할애하고 있었다. 나는 최 선생님의 「우리 시대 언관(言官) 사관(史官) 천관우 주필」과 김 교수의 「마지막 지사형 언론인 천관우」이 두 글을 이어 읽었고 그의 20주기를 맞은 2011년 10월에 나온 추모 문집 『거인 천관우』를 꺼내 국판 7백 쪽의 두터운 책 여기저기를 눈 닿는 대로 밤새 훑었다. 다음 날 아침, 나는 서재에 눕혀둔 천관우 선생의 친필 횡액을 꺼내 거실 다른 그림을 떼어낸 자리에 걸었다. 그런 내가 좀 비장해 보였는지 아내가 그분의 붓글씨 연하장을 찾아내 왔다. 횡액은 『동아일보』의 언론자유운동에 이어 일어난 1975년 기자 대량 해고 사태에 대항하며 그 경비를 돕기 위해 마련된 바자회에 글씨를 청하러 간 내게 선생님이 여벌로 주신 선물이고, 연하장은 그분이 계간 『문학과지성』에 「복원 가야사」를 연재하신 후 그 인사로 1978년 말에 보내신 것이다. 거침없는 횡액의 붓글씨는 '소요일세지상(逍遙一世之上) 비예천지지간(睥睨天地之間)'이고 사진틀 속의 연하장에는 '하정'(賀正)의 새해 인사와 함께 '논시비불론이해(論是非不論利害) 논만세불론일세(論萬世不論一世)'의 훈계가 적혀 있었다. 찾아보니 앞의 글은 중장통(仲長統)의 「낙지론(樂志論)」에 나온 문장이고 뒤의 가르침은 출처를 알 수 없었다.

후석(後石) 천관우 선생님의 유묵 두 점이 이렇게 뒤늦게 내 눈길 가까이 다가오면서 30년 전에 작고한 선생님에 대해 다시 든 생각은 우리 국사학에 실학의 역사와 그 의미를 새로이 일으켜 세운 성과나, 이승만에서 박정희에 이르기까지의 30년에 걸친 독재의 권력에 대항한 언론인으로서의 영향력에 대한 것만은 아니었다. '언관·사관'으로서의 그분의 정신과 의지, 활동과 영향은 이미 학계와 언론계에 이의 없이 가장 격조 높은 자리로 평가되어 내 소슬한 감회로 그분의 공덕을 새삼 췌언할 필요는 없었다. 내 관심은 그의 후년, 우울하고 외로웠던 그의 마지막 생애에 있었다. 1981년 신군부 권력이 집권하면서 텔레비전에 비친 그분의 모습은 의외였다. 쿠데타를 일으켜 잡은 독재 권력에도 그처럼 의연히 맞서 당당하시던 분이 독두(禿頭)의 집권자에게서 임명장을 받는 장면은 참으로 뜻밖이었다. 그 변신은 민주화

41

운동권에도 당연히 충격이었지만 그분을 존경해온 나 역시 예상할 수 없었던 일이었다. 왜 그분은 그 대머리 군인에게 머리를 숙였을까. 그는 굴복한 것일까, 다른 사정이나 생각이 있으셨을까.

그분에 대한 신뢰와 존경은 여전했지만 '민족통일중앙협의회 의장'이란 실속 없는 자리를 받으신 것은 나도 예상치 못했기에, 그분 결정에 아연했다. 그 문제 때문에 나는 그의 20주기 추모 문집을 다시 헤집었던 것이다. 그리고 10년 전이 책을 볼 때 놓쳤던 대목이 이제야 새삼스레, 뒤늦게 눈에 들어왔다. 이병대가 천 선생님 부인 최정옥 여사의 취재에서 전한 천 선생님의 한탄과 최 여사의 항의에서였다. 그분이 신군부 집권자로부터 무슨 임명장을 받은 것이 재야 반체제 집단에 충격을 주었고 그분은 사정없는 비난과 욕설을 들어야 했던 것 같다. 「"허허 내가 돈을 먹어……"」라는 글에서 "천 선생님은 폐암으로 가신 것이 아니라 울화증으로 목숨을 거두었어요"라고 부인은 토로했다. 최 여사의 전언은, 전두환의 초대로 만난 자리에서 천 선생님은 그 신군부 집권자에게 '단임'을 요구했고 거듭된 그의 독촉에 전두환은 그러겠다고 확답을 했다는 것이다. 천 선생님은 그즈음 박정희의 독재와 그가 당한 비극은 그의 장기 집권욕으로 말미암은 것이고 새 집권자가 확실히 단임만 한다면 우리나라도 민주화를 이룰 수 있다고 판단했던 것 같다. 실제로 '87년 체제'를 거쳐 전두환이 단임으로 물러나게 되면서 우리 정치도 민주화의 길로 들어섰다. 아마도 천 선생님은 신군부의 단임 약속을 단단히 받아냄으로써 우리의 민주화를 확보하고 그분 스스로는 그 경과를 옆에서 지켜보며 자유민주주의로의 길을 보위하고 싶었던 것이 아니었을까. 그즈음 불광동 그분 댁에 자주 인사드리러 간 내게 선생님은 "나는 박정희와는 척이 졌지만 전두환과는 그러지 않았다"고 하셨는데, 이 사연을 보고서야 그 말씀의 속뜻을 이해할 수 있었다. 그러나 선생님은 자신을 향해 날아오는 비난과 야유에 해명도 없었고 등 돌리는 후배들에게 서운함을 드러낸 적도 없었다. 오직, 냉혹하면서도 몰인정한 세상에 대해 여전히 의연했다. 그런, 그럴 수밖에 없었을 선생님의 인품을 헤아려볼수록 내 마음은 아픔으로 아려왔다.

  마침내 전두환의 사망으로 신군부의 전면적인 퇴각을 확인하며 지난 30년 동안 엄청 바뀐 언론계 구조와 현실 정치의 변화를 목격하셨다면 그분은 어떻게 생각하실까, 새삼스러운 궁금증이 일었다. 신문과 기자의 영향력이 줄어들고 그가 알지 못할 새로운 전자 매체들의 무책임한 횡행을 보며 붓으로 논설을 수정하시던 '언관'으로서 그분의 이해는 어디까지 뻗쳐 받아들이셨을까. 혹은 '내로남불'의 타락한 현실 속에 미래에 대한 전망은 없이 후보들의 주변과 지난날의 흠집들 잡기에만 애쓰는 오늘의 잔망스러운 '자유민주주의 정치 행태'에 대해 거구 거인의 '사관'으로서 그분의 시선은 어떤 체통으로 의미화하셨을까. "세속을 벗어나 노닐며 천지의 이치를 곁눈질하다"라는 노장적 사유를 아직도 권하실까. 아마도 "옳고 그름을 논하되 이로움과 해로움을 논하지 말며 만세를 논하되 한때를 논하지 말라"는 가르침만은 분명 여전하실 듯하다. 50대의 후석이 그보다 30년 더 늙어버린 후배에게 45년 전에 남긴 유묵 두 점의 훈계를 다시 읽는 마음은, 거듭 쓸쓸해진다.

〔2021. 12. 3.〕

고향을 잃다

　창밖의 광장과 그리로 가는 한길을 덧없이 바라보던 내 눈길에 문득 시골 마을길이 떠올랐다. 70여 년 전 집에서 학교로 가는 등굣길이었다. 지방 도시의 중심지에 살고 있던 나는 학교 가는 길이 여럿이지만 아침에 집을 나서면 대체로 포장도로, 신작로, 좁은 동네길, 그리고 왼쪽은 기와집들이고 오른쪽은 논이던 둑길을 거쳐 아담한 붉은 벽돌 단층 교사를 만난다. 나는 이 길을 한국전쟁으로 달라지기 전까지 5년 동안 다니며 신작로에서는 돌 차기, 가을논에서는 벼 이삭 훑기를 하며 먼 길을 장난치듯 걸음질했다. 그 옛길이 문득 떠오르며 그 길이 여전한지, 달라졌겠지만 어떻게 달라졌는지 새삼 궁금해졌다. 역병이 돌기 몇 달 전이었다.

내 귀향길을 도와달라고 부탁했더니 차를 가진 두 사위가 나섰고 거기 딸린 가족이 아내와 함께 같이 가자고 했다. 이러면 안 되는데…… 하고 내가 사양한 것은 내 늙마의 호젓해야 할 여행이 가족여행으로 본의가 달라질 것이어서였다. '센티멘털 저니'를 사양하면서 대신 찾아본 것이 인터넷의 지도와 영상이었다. 주소를 쳐서 나온 지도는 아차, 내가 미처 예상 못 한 아파트 단지 안내도였고 사진들도 여느 연립주택가 모습을 보여주고 있었다. 내가 그리며 기대한 것과 전혀 다른 풍경들이었다. 그제야 나는 둔감한 내 머리를 저었다. 인구 150만 명으로 늘어난 이제, 내가 어쩌자고 두 세대 전 5만의 소도시 풍경을 기대했던 것일까. 내가 4백 리 떨어진 그 지역 길을 보거나 40리 남쪽의 강남 아파트 단지를 보거나 분명 비슷한 그림일 것이었다.

나는 내 어린 시절의 동네와 길을 잃었다는 조금 속 아픈 쓸쓸함을 느꼈다. 그 생각은 이른바 '고향 상실'이란 멋진 말을 떠올려주었고 이어 20년 전 아들의 얼굴에 드리웠던 어두운 빛을 회상시켜주었다. 유학 중에 잠시 귀국한 어느 날 아들은 우리 가족이 살던 서울 변두리 동네의 옛집을 찾았던가 보았다. 네 자식이 초등학교에서 대학까지, 그리고 결혼해서 독립해 나가기 전까지 식구 모두가 25년 넘게 엮여 지내던 우리 집은 내가 신도시로 이삿짐을 싣고 떠나는 자리에서 인부들의 괭이질로 허물어지기 시작했다. 우리 정든 집이 내 눈앞에서 참혹하게 부서지는 모습에 나도 질려 눈을 돌리고 말았었다. 유아 시절부터 유학 가기까지 살았던 집이 사라지고 때아닌 연립주택이 낯설게 서 있는 모습을 보는 아들의 마음은 얼마나 허망했을까. 나는 '하이마트로제(Heimatlose)'란 말을 떠올렸고 아들을 고향 상실자로 만들며 성장기의 갖가지 정들을 왕창 헐어버린 내 매정을 후회하며 뒤늦게 마음 아픈 공감을 느꼈다.

그리고 혹시나 하는 마음에 인터넷에서 '고향 상실'을 쳐보았다. 그 설명은 그 말이 사사로운 감상에 젖은 상투어가 아님을 보여주었다. "형이상학과 과학기술이 지배하는 시대에 인간이 처해 있는 존재론적 상황을 설명하기 위하여 철학자 하이데거가 사용한 개념"이란 정중한 풀이로 시작하여 "인간 현존재가 자신의 고유한 실존에 이르지 못하여 '외적 존재'로 전락할 경우 이 상황에 처함을 밝히고, 철학의 본래적 과제를 '존재의 진리'가 훤히 드러나는 곳으로 귀향하려는 노력으로 규정하였다"는 까다로운 설명으로 이어졌다. 내가 대학 시절 헌법학 교수 한태연 박사로부터 처음 들은 '하이 마트로제'라는 멋진 말은 그저 유행에 젖은 입말로 나불거 릴 수 없는, 의외로 무거운 무게와 깊은 뜻을 담고 있었다.

내친김에 나는 인터넷이 추천하는 박찬국 교수의 『삶은 왜 짐이 되었는가』를 구입해 보았다. "'시인으로서 지상에 거주한다'는 것은 '지상의 모든 인간과 사물의 성스러운 신 비를 경험하면서 산다'는 것을 의미합니다"라고 진지하게 시작한 박 교수의 강의는 하이데거가 우리 시대를 '고향 상 실의 시대'로 규정했다는 것, 과학기술은 '광기의 시대'이고 풍요한 이 시대는 '존재자에게서 존재가 빠져 달아나버린' '궁핍한 시대'로 짚었음을 강조했다. 이어 "경이라는 기분 속에서 바라볼 때 우리는 그것에서 그 전에는 볼 수 없었던 '광채'를 보게 됩니다. 하이데거는 이 광채를 일컬어 '존재의 빛'이라고 말합니다"라는 아름다운 구절을 읽으면서 '궁핍 한 시대의 시인'(김우창 비평집)이란 존재는 세계의 부조리 를 실존적 각성으로 투시하는 인간임을 깨달았다.

나는 존재 · 우연 · 저항 · 불안 등등 젊은 시절 내 안을 괴 롭히다가 잊힌 실존주의적 언어를 만난 것이 반가웠으며,

48

"삶을 짐으로 여길 수 있는 존재로서의 인간" "죽음은 어느 누구도 대신할 수 없는 각자의 고유한 가능성"이란 아픈 정서를 받아들일 수밖에 없는 나이의 서러움을 되새김하면서 "침묵의 정적 속에서 진정한 시가 발원"하는 것이고 '정보언어'가 지배하는 오늘의 세계에서 '존재의 언어'를 헤아리려 고독을 누릴 마음가짐을 다져야 할 노령과 함께하고 있음을 배웠다. "깊은 겨울밤 사나운 눈보라가 오두막 주위로 휘몰아치고 모든 것을 뒤덮을 때야말로 철학을 할 시간이다." 이럴 때야말로 존재의 아픈 본뜻이 살아나며 삶의 슬픈 진상이 위로받을 것이고 의식의 고픈 희망이 비칠 것이며 소망의 바랄 수 없는 진의가 다가오는 것이 아닐까. 나는 참으로 오랜 시간이 지난 이제야 진지해졌고 물러난 날들을 허물하지 않으며 후회할 수 있었다.

단골 카페에서 창밖을 바라보며, 얼마 남지 않은 앞일을 바라보기보다 80년 넘은 지난날들의 산더미 같은 회상들을 돌아보는 것이 새삼스레 안타깝고 외로움 속에서 아늑하다. 서로 어긋난 감정들의 이 얽힘이 이 나이의 특전이고 수줍어해야 할 뿌듯함일지도 모르겠다 싶어진다. 고향 상실의 아픔과 그 정일한 뜻은, 나이 하나 더 먹어 삭이게 되는 이제,

상투화하는 삶 속에서 비로소 신선하게 되살아나고 있었다. 고향을 잃었다, 그리고 존재의 근원을 상실했다. 그럼에도/ 그래서, 나의 근원을 다시 그리워하며 고향을 찾는다. 슬퍼져버린 것은 그 고향이 이미 없어지고 말았다는 것! 몇 달 전 나는 안국동 골목을 거쳐 국립현대미술관으로 가는 길에 고향 같은 골목길을 걸으며 옛집보다 화사한 기와집들을 보고 마음 훈훈해했다. 광화문 피맛길은 없어졌지만 북촌의 옛 동네는 아직도 다사롭고 좁은 길들은 넉넉했으며 샛길 바람은 싱그러웠다. 그 새삼스러운 정다움 속에서 지난 것들에 대한 향수는, 그럼에도, 여전한 미련으로 부스럭거렸다. 성장은 때묻지 않은 시절의 순진함으로부터 스스로를 멀리 밀어내는 것이고, 변화란 철들지 않은 어린 나이의 순결로 돌아갈 수 없음을 뜻하리라. 지난 것들의 잃어버림이란 감정은 고향 상실이 어떤 마음의 것인지 실감시켜주는 것이었다.

〔2022. 1. 28.〕

'대한민국 대통령' 되기

새 대통령을 뽑은 지 2주가 되는데도 3·9 대통령 선거가
여전히 내 의식 속에 잠겨 있는 것은 이 투표가 내 생애의 마
지막일지도 모른다는 쓸쓸한 생각이 든 탓일지도 모르겠다.
초등학생 때 우리나라 정부가 수립되며 처음 들은 대통령이
란 명사는 그 호칭이 주는 무거움과 그 후의 어설픈 역사 때
문에 역대 대통령들 이름을 이어 쓸 수 있을 만큼 내 기억 속
에 잘 박혀 있었다. 이번의 윤석열 대통령까지 20대, 그리고
그 직함을 가진 열세 분. 더불어 그들을 통한 정권 교체의 과
정과 그 과정을 거쳐 자라난 민주화 장면들이 회상되었다.

국회의 간접선거로 선출된 초대 이후, 쿠데타를 통한 무력 집권, 체육관 대통령, 민주주의 절차를 밟은 직접선거 등 대한민국 대통령들은 세습을 제외한 갖가지 방법으로 집권을 했다. 단 두 분만 빼고 모두 중도 퇴임, 아니면 퇴직 후 곤경을 치러야 했다. 초대 대통령의 4·26 하야와 망명, 유일한 내각책임제 시절 대통령의 5·16 후 중도 퇴임, 장기 집권으로 근대화를 주도한 대통령의 피살, 신군부 세력의 찬탈이 권력을 이어갔다. 군 출신인 두 대통령의 퇴임 후 수사와 수감에 이어, 다음의 두 대통령은 민주화 성취를 이루듯 멋있게 퇴직했다. 그다음의, 해방 후 출생 첫 대통령은 퇴임 후 자결했고 그 뒤를 이은 두 대통령도 물러난 후 재판을 받거나 탄핵을 당하고 감옥 생활을 했다. 끝내 무사했던 대통령은 김영삼, 김대중 단 두 분이지만 그 아들들이 수뢰죄 등으로 재판받았다. 통치자로서 영예스러울 수 있었던 분이 별로 없었던 것은 대통령중심제를 고수한 우리 정치 구조의 피할 수 없는 운명이었을까.

여기에 또 궁금증이 뜬 것은 역대의 우리 대통령이 이처럼 불행과 불명예를 안아왔음에도 나라는 어떻게 말단의 후진국에서 선진국 반열로 올라설 수 있었을까 하는 것이었다.

지난 70년의 반 이상은 열전과 냉전, 쿠데타와 정변이 잇달으며 고통과 혼란이 점철된 시간이었다. 나라가 이처럼 고생스럽고 집권자가 잘못했다면 경제는 으레 곤핍하고 사회는 퇴보해야 하는데, 오히려 더 크게 성장하고 부유해졌다면 그 인과를 어떻게 설명해야 할까. 끝내 다다른 생각은 그 지도자들의 오점에도 불구하고 무언가 크게 잘한 일도 있지 않았을까 하는 순진한 반문이었다. 그래서 역대 대통령의 공헌을 짚어보았다. 그 기여들이 의외로 커 보였다.

이승만 대통령은 장기 집권욕에도 불구하고 한국전쟁에서 자유민주주의국가를 보위했고 미국 원조로 국력 회복의 기초를 세웠다. 박정희 정권은 유신의 폭력 통치로 자유와 민주적 절차를 억압했음에도 근대화 작업을 통해 농업에서 공업으로, 새마을운동과 무역 입국으로 우리의 후진 경제를 근대화하며 중산층 육성으로 민주화의 길을 열었다. 신군부 출신 두 대통령은 집권의 하자와 5·18민주화운동의 억압으로 옥살이를 했지만 앞의 대통령은 뛰어난 경제 각료를 '경제대통령'으로 내세워 성장의 힘을 다졌고 해방 후 우리를 옥죄어온 야간통금을 폐지('독재자의 아이러니!')했다. 다음 대통령은 신도시를 개발하며 지방자치제를 부활시켰고 중국·소련 등과 북방외교를 열었으며 무엇보다 그 자신을 탈권위화하여 권력을 군부 정권에서 문민정치로 연착륙시키는 데 크게 기여했다.

자유민주주의 체제로 정착한 이후의 우리 대통령들의 성과도 높이 평가되어야 한다. 김영삼 대통령은 자신이 민주주의의 투사였지만 금융실명제를 시행하여 선진 경제를 추격할 시스템으로 개혁했고, 그와 함께 민주주의의 제도화에 성공하며 우리나라의 유일한 노벨상 수상자가 된 김대중 대통령은 IMF 체제를 3년 만에 벗어나 세계를 놀라게 하고 남북정상회담으로 한반도의 냉전 체제를 완화하는 데 공헌했다. 노무현, 이명박, 박근혜 등 21세기에 집권한 우리 역대 대통령들도 자유민주주의 체제를 공고화하고 선진화에 기여하며 경제 규모와 무역수지에서 세계 10위권으로 비약하는 데 수고했다. 2차 세계대전 이후 독립한 국가 가운데 유일하게 선진국으로 인정된 우리나라 70년의 멋진 역사는 '대한민국 대통령'의 힘든 직함을 훌륭하게 수행한 이분들의 덕분으로 봐야 할 것이다.

누구에게나 잘함과 잘못함이 함께하게 마련이고 대통령의 잘잘못은 그 위치 때문에 더욱 무겁고 크게 가려져야 할 것이다. 그렇더라도 집권자가 시해·하야·축출로 교체되어야 했다는 것, 자결·투옥으로 비운을 겪었다는 것은 보기 좋은 모습이 아니다. 이 부끄러움은 정치적 보복이 없어야 한다는 것, 무엇보다 대통령 스스로 그 위상에 삼엄한 두려움을 가지며 그 권력을 겸손하게 존중해야 한다는 엄숙한 권고를 떠올리게 한다. 이번 선거의 극소한 표차가 오히려 승·패자의 협력을 촉구하는 집단지성의 표현으로 생각되는 것도, 우리 집권의 역사가 정변에서 평화적 정권 교체의 힘찬 민주 발전으로 보이는 것도 그래서일 것이다.

연필과 만년필로 글씨를 쓴 내 또래 노년층은 4·19의 자유, 6·3항쟁의 민족으로 체제적 자기 확인 과정 속에서 민주 시민이 되었고, 볼펜으로 공부를 시작한 내 자식 또래는 자본과 노동의 뜨거운 대결로써 도전과 성취의 경제적 평등 관계를 이루려는 뜨거운 사회적 구성원이 되었으며, 손주 나이 또래는 태어나면서부터 컴퓨터를 만지작거린 첨단 문명의 디지털 세대로 성장했다. '필'에서 '펜'으로, 그리고 '컴'에 이르는 노년—중년—청년 세대의 문화적 배경이 보수주의—진보주의—중도(혹은 정책 선택)주의의 주류가 되고, 이 필—펜—컴의 변화가 송수화기—휴대전화기—스

55

마트폰으로의 소통 방법 진화를 이루며 그 삶의 일상 변화가 세대적 · 젠더적 시대 증상으로 표현된 듯하다.

이번 대통령 선거는 결국 21세기 가장 젊은 '스마트 세대'가 결정했다. 이 과정은 혁명과 정변으로 권력을 빼앗던 불온한 시대부터 노동-자본의 힘겨루기를 거쳐 현실 정책의 선택으로 통치자가 되는 민주화로의 안정된 역사를 보여준다. 신구 권력의 순조로운 이전 과정에 이어, 지역 편중과 증오 어린 대결 심리를 걷어내 세계에서 가장 높은 갈등을 줄이며 상호주의의 포용으로 더욱 성숙시켜야 하겠지만, 역대 최소의 격차에도 선선히 승복하여 당선자에게 '성공한 대통령이 되기를' 축하 인사로 보낸 패배자의 정중한 모습은 대선 불복 트럼프의 미국도 부러워할 우리의 당당한 민주적 에티켓이 될 것이다. 짧고 험난한 역사에도 이처럼 뚜렷한 정치 발전을 이룬 것은 이번의 '대한민국 대통령' 뽑기가 내 말년의 기대에 안겨준 안도와 기쁨이었다.

※ 우리 시대의 가장 존경스러운 지성 정명환 · 서광선 · 이어령 · 홍성우 선생님의, 잇단, 서거에, 벼랑 끝에, 선, 외로움으로, 삼가, 깊은 애도를, 올립니다.　　〔2022. 3. 25.〕

벌거벗은 임금님

"옛날 옛날에"로 시작하는 그 책을 다시 펼쳤다. 김서정이
옮긴 글보다 소윤경의 그림이 더 화려한 안데르센의 동화
『벌거벗은 임금님』이다. 나는 지난 4월 말 문득 생각에 떠서
대학 선생이면서도 어린이책을 좋아하는 셋째에게 부탁해
구입한 이 책을 세번째 읽는 중이다. 소년 시절에도 읽었겠
지만 내게는 초등학생 시절 학예회에서 본 연극의 한 장면으
로 인화돼 있기도 하다. 내용은 누구나 다 아는 이야기다. 교
단을 2단으로 높여 만든 무대에서 웃통을 벗은 상급생이 목
마를 타고 빙 둘러싼 사람들 사이를 헤치고 나아가는데 한
소년이 "임금님이 벌거벗었잖아!" 소리치던 앳된 목소리가

지금도 들려오는 듯하다.

왜 내가 75년 전쯤의 한 장면을 회상하며 그 동화책을 읽어야 했는지 때아닌 사태가 새삼스러웠다. 지난봄 어른들 세상에서 새어 나온 이야기들이 내 오랜 기억을 문득 소환한 듯하다. 매우 소박한 안데르센의 이야기를 다시 읽는다.

옛날 옛날에 새 옷을 너무 좋아하는 임금님이 있었다. 새 옷으로 몸치장하는 데 정신이 팔려 나랏일은 하나도 신경 쓰지 않고 백성을 돌보지 않았다. 그런 왕에게 마땅한 사기꾼 둘이 나타난다. 아름다울 뿐 아니라 바보에게는 절대로 보이지 않는 가장 신기한 옷감으로 짠 최고급 옷을 만들어 올리겠다는 것이다. 임금님은 가장 멋진 옷일 뿐 아니라 이 옷으로 바보 신하를 가려낼 수 있다는 데 기뻐, 그 옷을 주문했다. "당장 그 옷을 만들어라." 얼마 뒤 한 신하가 옷집에 가보았지만 아무것도 발견할 수 없었다. 그러나 그대로 보고하면 자기가 바보가 될 것이어서, 정말 아름다운 옷이구나 하고 탄성을 지르며 돌아섰다. 재봉사들은 옷감 짜는 데 필요하다며 비단실과 금실과 돈을 더 달라고 했고, 임금님은 모두가 정직하다는 사실을 확인하면서 텅 빈 베틀 앞에 재물을 안긴다. 마침내 다 된 옷을 받고 임금님은 신하의 조력을 받으며 조심스레 챙겨 입고 거리에 시위하러 나선다. 백성들이 모두 탄성을 올리며 정말 훌륭하다고 찬탄했다. "그때 한 어린아이가 외쳤어요. '어! 임금님이 아무것도 안 입었어!' 임금님은 어쩔 줄 몰랐지만 몸을 더 꼿꼿이 곧추세우고 아무렇지 않은 척 행진을 계속했답니다. 시종들은 있지도 않은 망토 자락을 더 치켜들었어요."

　동화는 여기서 끝나지만 한가로이 공원 벤치에 앉은 나는 속이야기를 더 계속하고 싶었다. 스마트폰에서 '사사오입 개헌'을 찾아보았다. 내가 고1 때 신문에서 본 이 사건은 사람은 반올림으로 줄일 수 없다는 사사오입의 적용 원칙을 배운 지 얼마 안 돼 일어났다. 스마트폰의 '지식백과'에서 찾아 읽으니, 이 말의 '정의'는 "1954년 제1공화국의 제3대 국회에서 대통령 이승만에 대한 3선 제한의 철폐를 핵심으로 하는 헌법 개정안을 통과시킨 제2차 헌법 개정"으로 설명되고 있었다. 그 경과에서, 장기 집권을 위한 개헌을 주도한 자유당은 대통령 3선 금지 조항 삭제, 부통령에게 대통령 지위 승계권 부여 등등의 개헌안을 상정했다. 재적의원 203명 중 202명이 투표에 참여했는데, 개표 결과 반대 60표, 기권 7표, 찬성 135표였다. 국회 통과에 필요한 표는 재적의원 중

3분의 2인 135.333……이어서 136표를 얻어야만 했다. 부결을 선언했던 국회부의장은 다음 날 '사사오입론'을 들여와 0.5 미만의 소수점은 버림으로써 135표로 가결되었다고, 전날의 부결을 뒤집고 통과를 선언했다. 이로써 이승만 대통령은 임기를 한 번 더 늘릴 수 있었지만 4년 뒤에는 4·19혁명이 일어나 하야했고 부통령이 된 이기붕 일가는 집단 자결의 운명을 취한다.

동화와 실화 이 두 에피소드는 함께 다가오며 나를 아련한 사유로 적셔놓았다. 우선 사람의 기억은 의외로 집요하다는 것이었다. 기억력에서 젬병인 나를 봐도 그렇다. 그 아동극을 보고 수학 공부를 했던 것은 어린 소년 시절의 일인데, 아득한 두 세대 전의 일이 불현듯 생생하게 떠오른 것이다. 평소에는 무심하다가 불편한 일을 만나거나 그 일과는 관계없는 엉뚱한 심기가 돋아나면 때 없이 뜻밖의 기억들이 문득 떠오르며 의외의 사태에 달려든다. 그걸 바꿔 읽으면, 개인적으로는 개심이, 사회적으로는 개혁이, 국가적으로는 혁명이 폭발적인 힘으로 현상을 타파할 수 있는 것은 이 기억들의 집합으로 쌓인 돌파의 힘일 것이다. 작은 것이 쌓이고 하찮은 것들이 뭉쳐 커다란 덩치로 자라난 기억들이 끝내 변혁적인 역사의 힘이 된 것이리라. 1789년 프랑스혁명으로 열린 바스티유 감옥에서 풀려난 죄수는 7명이었다던가. 민중은 바스티유만이 아니라 그것의 자잘한 악독의 기억들로 축적된 역사를 깨뜨린 것이다.

기억은 또 변덕스럽다. 내가 기억하고 싶은 것들을 모아 내게 편한 대로 엮는다. 옛날 영화를 오랜만에 보면 깨닫듯이, 영화 속 사건은 내 기억대로 흐르지 않고 혹은 의외의 진실을 제시한다. 내가 연상한 '벌거벗은 임금님' 추억과 사사오입의 규정은 아무 관련 없이 동시에 내 앞에 모습을 드러냈다. 따져보니, 그 둘은 제멋대로인 권력과 그 앞에 선 인간의 나약함, 그것을 감추려는 꼼수와 연관돼 있었다. 왕은 권력의 허영 앞에서, 백성은 그 허영의 광포 앞에서 무력했고, 사사오입은 권력의 힘으로 잘못된 꼼수의 억지를 강제했던 것이다. 그렇게, 허영·광기라는 권력 앞의 나약함과 꼼수는 그럼에도 시간의 바른 나아감 속에서 끝내 옳은 맺음으로 매듭짓게 된다는 것을 다행히, 역사는 보여준다. 그 나아감과 맺음들이 사초(史草)로 이어져 진실을 향해 걸음하고 지난 잘못과 이제의 비틀어짐을 고쳐 쓰게 하는 것이다. 옷감 없이 옷을 만든 사기꾼들이 소리 없이 도망치듯이 권력이 구긴 사사오입 규정도 그렇게 슬그머니 사라졌다. 감춤이 벗겨짐을 가져오는 이 폭로의 역설 과정을 지식인들은 역사의 심판, 옛사람들은 '사필귀정'으로 불렀다. 진실의 그런 조리 있는 진행 덕분에 사람들은 지혜로워지고 사회는 밝아져왔다. 반성하는 데 수고가 많고 그 수정의 시간이 길며 그 확정의 과정이 까다롭지만, 교황청에 대항한 과학의 역사에서 보듯이, 결국 진리가 이기고 오류가 후회하게 되는 것은 분명 진실이다. 더구나 오늘날의 숱한 정보와 언론들 사이에 낀 맑고 순진한 어린 눈들은 허영과 허상에 빠진 임금님의 벌거벗은 가장(假裝)을 밝히 바라보고 있다. 귀엽게 뛰어노는 어린이들을 바라보며 벤치에서 일어나는데 문득 '검수완박'을 제목으로 한 신문 한 조각이 바람결에 호숫가로 날아간다.

   ※ 고(故)김지하 시인은 벌거벗은 임금님의 진상을 폭로함으로써 스스로를 그 시대의 진실로 체현했다. 삼가 간곡한 조위를 드린다.

[2022. 5. 20.]

기자들의 저술

지루한 6월을 나는 두 권의 책 읽기로 견뎠다. 김진현의 『대한민국 성찰의 기록』과 김동현의 『천일의 수도, 부산』은 한 지식인의 회고록과 한 도시의 지리지라는 점에서 소재와 그 전개 방식이 다르지만 저자가 전직 기자였다는, 그래서 비슷한 문체를 가졌다는 점에서 공통점을 가지고 있었다. 앞의 책은 저자의 80여 년 생애의 진솔한 고백으로 그가 체험한 우리 현대사를 돌이켜보게 하고, 뒤의 책은 부산이란 매우 흥미로운 도시를 여러 눈으로 묘사함으로써 나라 발전의 한 양상을 둘러보게 만들고 있다. 한 개인의 역사와 한 지역의 성장을 통해 나는 우리 근현대사의 빠른 발전과 그 전개 과정의 구체적인 실례를 본 것이다.

1930년대 중반에 태어난 김진현은 "가장 전쟁 경험이 많은 세대, 가장 많은 문자의 언어로 생활한 세대, 가장 이사 많이 다닌 세대, 가장 많은 혁명을 겪은 세대"를 살아왔음을 회고하고 있다. 그가 꼽은 혁명은 '사상 · 정치 · 경제 · 생활 · 기술……' 등 역사의 모든 측면에서 일어난 사태였고, 그가 산 생활은 '한문 · 일본어 · 한글 · 영어' 등 몇 개의 언어를 쓰는 시대적 변화를 감당해야 했다. 그처럼 급변하고 다양한 세계를 한꺼번에 엮어 그 안에서 자라면서 소년 시절부터 기자를 희망한 저자는 '한국의 월터 리프먼'으로 그 변화의 역사를 기록하고 평가한다. 그러나 그의 실제 생애가 맡아야 했던 역할은 기록하는 기자만이 아니라 그가 취재하고 해석한 그 사회와 정책, 교육과 언론의 실무를 맡아 일하고 주도하는 책임자도 되어야 했다. 그는 '정치적 실체로 묵직하게 다가오는 세력'에 'TK'라는 유행어를 만들어 붙였고, "민족으로서는 세계적으로 몇 안 되는 늙은 민족이되 근대국가, 시민사회, 공화정으로서는 아주 젊은", 그럼에도 "세계 중심 무대의 주역이 되고 4대 강국에 둘러싸인 조정자 역할을 할 수 있는 영광을 창조할" '착한 선진화(善進化)' '해

양국가'로서의 미래의 한국을 기대했다.

"가슴으로 실감하고 머리로 기획하고 발로 뛰는 기자"로서 일찍이 '코리안의 고동'을 장기 연재하며 그가 근무한 권력의 실세와 그 내분을 짚어 보이면서도 "진실 추구, 대의, 국익, 공동선"의 가치를 기본으로 추구하며 보도와 실행을 겸사했던 그의 기록과 행적은 현대 한국사가 진행해온 그 과정의 장면들을 재현하고 있다. "우리 같은 다생·다원·다양한 경험이 제대로 수렴, 발효, 양생하여 K-월드, 한국에 의한 세계평화가 이루어지는 날을 만들어야 한다"는 자신감은 그 현장에서 체득한 인식이었다. 3·1절에 문득 금연을 결심하며 실천한 그의 "진실에 대한 외경, 정의에 대한 믿음, 인의·자비·사랑이라는 도덕률" 위에서, 테크노 헤게모니 시대, 세계화 시대, 마지막 남은 기술 주권으로 안보·평화·교육·금융·의료·보건·안전·문화·정보·복지에서 선제적 우위를 차지하기를 바라는 그의 염원에, 물론 나도 동의하면서 그의 열정과 자신감에 소심한 나까지 공감시켜주고 있었다.

그의 강렬한 정열에 비해, '부산학(釜山學)'의 새로운 경지를 연 후배 김동현의 저서 제목은 부산이 한국전쟁 중 천 일

동안 대한민국 임시 수도였다는 사실을 상기시키면서, 부제 '부산 없으면 대한민국 없다'는 말로써 이 항구도시에 진한 애정을 드러낸다. 조선조의 개항으로부터 한국 제2의 도시로 성장하기까지의 역사 속에서 오히려 우리의 지난 시절의 정서에 다감하게 어려오는 자갈치시장과 영도다리가 빚는 고난의 애환들이 지리사와 풍속사, 대중문화사 속으로 젖어들어 더욱 친숙하게 다가온다. 해운대 모래사장과 오륙도 등 이곳저곳 부산을 맴돈 적 있는 내게 저자가 소개하는 바다와 절, 시장과 거리가 더욱 반가워지면서 마지막에 덧붙인 "부산 사람들이 모이면 어쩐지 부산하고 부산스럽다"란 말에 손뼉 치며 동감하게 된다. 저자는 고등학교 3년의 인연으로 이 도시를 소개하기 위해『조선왕조실록』을 비롯해 많은 역사책과 문학 등의 저작들만이 아니라 조용필의 가요까지 따뜻한 정감으로 더듬고 있다. 이 덕분에 이 지리지는 역사학의 연구 대상이면서 생생하게 살아 움직이는 정감의 도시로, 식민과 피란의 고통이면서 시장의 고함과 휘황한 선등으로 뱃고동 울려오는 바다의 활기와 열정으로 다가온다.

이 두 책이 보여주는 집필의 수법이 공통되고 있음을 여기서 짚고 싶다. 전문서임에도 까다롭지 않다는 것은 학자가 아니면서도 전문가일 수 있는 기자의 집필 태도 덕분이다. 그들도 연구하고 참조하지만 학자들처럼 주장하고 고집하지 않는다. 그리고 그 주제는 자유롭다. 자신의 공적인 이력을 기록하면서도 김진현이 연애 시절을 고백하고, 일본의 전진기지로서의 부산을 말하면서도 「돌아와요 부산항에」를 노래할 수 있는 김동현의 자재로운 진술이 그 자유로운 수법을 보여준다. 더구나 그 문체는 객관성을 유지하면서 일반 독자들이 이해하기 쉽고 재미있다. 이 기사 문체의 특징은 김진현이 기자로서 "애매모호한 언어를 써서는 안 된다는 것, 통찰력과 천착력이 출중할 것"을 권고하고, 그럼에도 "창조력과 정직할 것"을 권고하고 있음에 주의를 들여야 할 것도 확인된다. 그것은 기자가 보고 알게 된 것, 이야기를 전달하는 것 이상의 '문필가'로서의 자질을 요구하고 있음을 보여준다. 기자에게 학자와 다름없는 성실, 작가와 비슷한 문학적 창조력이 요구된다는 말을 하는 것은 그들이 논픽션의 문필가임을 확인해드리기 위해서다. 나는 이 두 책에 이어 20세기 후반 미국 경제의 두 라이벌의 이론과 그들이 현실 경제에 끼친 영향에 관해 쓴 책, 니컬러스 웝숏의 『새뮤얼슨 vs 프리드먼』을 읽었다.

경제학에 대해서는 무지한 내가 이 전문서를 끝까지 읽은 것은, 사르트르와 카뮈처럼 한 시대에 그 지향이 다른 라이벌의 대결에 대한 호기심도 작용했지만 고급한 이론과 그 현실화 과정에 대한 기자다운 글이 안기는 지적 매혹 때문이었다. 그들이 펼치는 서술의 자유로움, 씨름 경기를 보는 듯한 두뇌 싸움의 긴장감 등 기사 문체의 힘과 매력들이 이 까다로운 책을 계속 붙들게 한 것이다. 우리나라도 기자가 스스로의 장기를 충분히 살려, 전문 학자와 달리 발로 뛰는 추적 취재 비교를 하며, 학자·작가와 달리 접근법의 객관성과 문체의 즐거움을 안겨주는 자유 스타일의 논픽션에 도전할 단계에 이미 이르렀다. 벌써 손세일의 대작 『이승만과 김구』를 가지고 있지만, 언론인들의 저술 활동은 더욱 권장되어야 한다. 우리 신문학은 기자들에 의해 주도되었지만, 문단이 엄연히 존재하는 오늘의 기자들은 논픽션 장르로 자신들의 앞길을 열어야 할 것이다. 김진현과 김동현은 그 본보기가 될 것이다.

〔2022. 7. 15.〕

말의 맛

초등학교 4학년쯤이었다. 선생님은 수업 중 질문에 내가 대답에 사용한 단어 '사뭇'이 사투리이니 앞으로 쓰지 말라고 말씀하셨다. 어른이 되고서도 꽤 지난 후 사전을 뒤적거리다가 문득 생각나 찾아보았다. 지금도 내게 유일한 낱말사전이 되고 있는 『동아 마스타 국어사전』(초판 발행 1979년)에 이 '사뭇'은 "거리낌 없이, 마구, 마음대로"란 풀이로 적혀 있고 사투리라든가 속어라는 제한사는 없었다. 그러니까 아이들이 마구 쓰던 '사뭇'은 아이 말일 수 있을지언정 결코 쓰기를 피해야 할 어휘는 아니었다.

내가 좀 억울한 생각이 들었던 오래전 이야기를 근래 다시 떠올린 것은 유종호 선생의 『사라지는 말들』이란 책을 다감한 심정으로 읽으면서이다. 문학평론가이며 영문학자인 저자는 우리의 묵은 말들, 옛말들을 다시 떠올려 그 말의 뜻과 변화, 혹은 사라진 말들과 새로 태어난 말들을 부담 없이 쉬읽히는 단상으로 쓴 그 책에 '말과 사회사'란 부제를 붙였다. 정말 우리가 생각 없이 쓰는 숱한 낱말들을 새삼 그 쓰임새며 움직임의 기록들로 다시 살펴보니 우리의 삶의 역사가 고스란히 담겨 있는, 말 그대로의 우리 사회사가 거기 담겨 있었다. 가령 우리 어렸을 때 으레 쓰던 두레박이며 바가지, 문풍지, 바지랑대 같은 가정살이들을 요즘의 어린이들이 무얼 가리키는지 알 수 있을까. 당시의 생활필수품들이 이제 사라져 볼 수 없으니 그게 어떤 것들인지 요즘 젊은이들은 짐작도 하기 어려울 듯하다. 지금 주방이라는 것도 아파트 생활을 하면서 널리 퍼진 것이어서 방언으로 찍힌 내 어릴 때의 '정지'는 물론, 표준어로 적힌 '부엌'도 아파트 아이들은 모를 것 같다.

하긴 '아파트'란 말은 내 30대에도 쓰긴 했고 실재하기도 했지만 서양의 무슨 풍물처럼 낯선 것이었다. '주판' '성냥'은 없어지고 '활동사진' '등목'은 '영화' '샤워'로 바뀌고 '컴퓨터'가 필수어로 새로 생겼으며 '숭늉'이며 '누룽지'는 커피와 디저트로 옮겨 갔다. 유종호 선생과 나는 같은 1930년대 출생이고 충청도에서 자랐기에 그가 예로 든 말들을 거의 알아듣긴 했지만 그래도 모르거나 낯선 말들이 적지 않았다. 그가 나보다 몇 해 먼저 태어나 충청의 북도 면 소재지에서 성장했고 나는 남도의 지방 도시에서 산 탓이 있으리라. 그 작은 다름이 말씨에도 그대로 드러나는 듯했다. 그 시간적 · 환경적 차이에 관련 없이 내가 부끄러운 것은 서너 해 일본어를 교육받은 그분은 우리 국어사전 몇 가지와 일본어사전 · 영어사전을 부지런히 찾고 비교하고 따지는 데 비해 나는 그러지 못한다는 것이다. "저마다의 소리와 뜻, 섬세한 음영과 폭넓은 연상대, 그 나름의 역사적 함의"를 가진 우리 낱말과 구절을 구체적으로 되살리는 그의 이 책은 그래서 내 생각을 키운 시대와 사회를 회상으로 안겨주며 알게 모르게 우리 삶과 그 양상, 그에 따른 우리말의 의외로 깊고 은근한 변화를 실감케 했다.

유 선생의 국어에 대한 실증적 애정에 자극받아 내가 찾아 구한 것이 위평량의 『팔도 말모이』였다. 저자는 방언 연구로 학위를 받은 현장 교육자로, 많이 쓰는 일상어 72개의 우리말 사투리를 찾아 그 어형을 비교하고 그 변모의 뿌리를 찾는 작업을 했다. 내가 여기서 신기해한 것은 가령 '감기' 란 말의 자유로운 변모였다. 그게 '고뿔'이란 옛말로 적힌 것은 자주 보았지만, 함경도에서는 '승감', 호남에서는 '개조뿌리', 강원도에서는 '순증'이라는 전혀 의외의 말로 표현되었다. 그 엉뚱한 사투리 변화는 때로 그 대상에 대한 반감이나 증오감의 표현임을 짐작할 수 있었다. 사투리는 '방언'이란 말 그대로 지역에 따라 그 상대에 대한 감정의 표현으로 변하게도 될 터였다. 그렇다면 그 말은 그 지역의 독특한 생활 감정의 표현일 것이고 표준어는 그 다양한 감정과 반응들을 하나로 묶어 조인 것이리라. '서울의 중산층' 말을 표준으로 한다는 그 말이 우리에게 단조롭고 무감하게 들려오는 것은 그 지역의 토착성을 지운 탓이고 그래서 현장의 생동감을 잃어버린 때문이다.

　작가들이 자신의 묘사에 실감을 주기 위해 지역 방언을 실감 나게 쓰는 것은 그래서 자연스럽다. 안수길의 함경도, 황순원의 평안도, 오유권의 전라도, 하근찬의 경상도 말들, 여기에 염상섭의 서울 토박이 사투리는 작품의 현장감을 살리는 데 매우 효과적이다. 그래서 문학의 창작만이 방언의 사용을 승인하고 있으리라. 표준어는 서구에서 구텐베르크의 인쇄술이 보급되면서 읽기의 보편성을 확보하기 위해 정립되기 시작했는데, 우리의 경우 1930년대 초 식민지 시대의 한글학자와 운동가 들이 국어운동을 전개하면서 먼저 표준어 사정을 시작했다. 다만 소설과 시의 문학작품에서만은 토착 정서를 살리기 위해 대화에서 자유로운 사투리 사용을 당연히 여겼다. 그 사투리들은 지역적·시대적 풍물만 아니라 박경리의 『토지』에서처럼 그 말을 쓰는 사람의 사회적 신분, 성격, 풍모를 짐작하게 한다. 근래의 우리 젊은 저자들은 사투리의 지역적 토착성보다는 시대적으로 유행하는 외래어로 더 생동감에 젖은 분위기 묘사의 효과를 얻는 듯한데, 이 같은 말의 변화는 우리 일상이 외국 문화와 시대 풍조에 열려 있어 말이 스스로 폭을 넓히고 있음을 보여준다. 내가 들은 러시아 고려인들의 우리말은 가장 오랜 한국어였는데 1930년대 강제 이주 이후 모국어의 변화에 거의 영향받지 않아온 우리의 토착 전통어였다. 환경과 시대만이 아니라 정치 체제 때문에 말이 변하기도 한다는 것은 다정한 '동무'가 분단 후 사라지고 어른스러운 '친구'로 바뀐 데서도 볼 수 있다.

말과 글은 모두에게 두루 수용될 수 있는 보편성을 가지면서도 그 발언자나 필자의 개성을 멋있게 살리는 개별성을 독촉한다. 여기에 방언이나 토속어, 외래어와 시대어의 효과가 스며든다. 한물간 말이나 어투도 그립고 새말, 고친 말도 당겨온다. 두 세대 전의 어투와 단어를 유종호와 위평량의 책을 통해 보면서 그동안 우리말이 얼마나 변했는지, 사라지고 새로 생겨났는지, 말의 맛이 또 얼마나 달라졌는지 실감했다. 말이 또 다른 하나의 생명체임을, 태어나고 사라지고 바뀌는 그 생성과 변화가 곧 우리 삶의 구체적인 역사와 더불은 것임을 깨닫는다. 말이 그런 것이라면 그 삶의 풍요를 위해 사투리나 옛말, 바뀐 말도 활발하게 써먹도록 하는 것이 좋지 않을까. 그 말들의 삶을 사전과 기록으로 충실하게 정리해두는 것 또한 우리 삶-살이의 사료가 될 것도 분명하다. 말들에 스민 말의 역사는 우리 삶의 가장 구체적인 체험 기록이 되리라. 추석 명절을 치르며 새삼 구미가 돋는 게 그 말맛이었다.

〔2022. 9. 16.〕

예술가의 학위

　무심코 켠 텔레비전에서 클래식을 화제로 이야기를 나누던 출연자가 드디어 피아노 이중주로 베토벤의 심포니를 연주했다. 내가 가장 좋아하는 「운명」을 피아노 연주로는 처음 들어보는데 교향악의 다성적인 효과가 두 피아니스트의 네 손 연주로 뜨겁게 살아나고 있었다. 이 색다른 프로를 여전히 기억하던 참에 후배의 소개로 그 연주자와 인사를 나눌 수 있었다. 한국예술종합학교 총장 김대진 박사였다. 내가 그저 '피아니스트'라고 하지 않고 '음악 박사'란 익숙지 않은 학위를 밝힌 것은 그의 명함에 적힌 직함대로 옮겼기 때문이다.

고전음악 연주가가 흔하지 않은 학위를 자기 명함에 밝힌 이유는 그분과의 대화에서 곧 짐작되었다. 국제적으로 저명한 콩쿠르에 많은 입상자를 배출하고 있는 이 학교 책임자로서 그는 이 대학이 석·박사 학위를 수여할 수 있는 권한을 확보하기 위해 노력 중이었다. 음악도든 연극 지망생이든 무용과 학생이든 그들도 일정한 과정을 마치면 마땅히 일반 대학교처럼 석·박사 학위를 수여할 수 있어야 한다는, 화제는 좀 의외였지만 그 논지는 매우 당연한 주장을 그 자리에서 들었다.

내가 예술가도 소정의 교육과 연구의 과정을 마치면 그에 합당한 학위를 받을 수 있어야 한다는 의견을 들은 것은 처음이 아니었다. 작고한 이강숙 선생이 한국예술종합학교 초대 교장으로 재임하던 당시 어느 사석에서 학부형들이 자녀들에게 마땅히 학위가 수여될 수 있어야 한다는 요구를 했다는 말을 들은 것이다. 그때의 이강숙 선생은 예술가에게 굳이 석·박사 학위를 붙여야겠느냐는 부정적인 의견이 스민 말을 했던 것으로 기억되는데, 30년 뒤의 한예종 총장 김대진 박사는 과정을 통과한 예술가에게 학위를 수여하고 석·박사의 존칭으로 대우할 수 있어야 한다는 의견을 분명하게

개진하고 있었다.

한 세대 동안 예술가들의 사회적 위상 변화가 예술가들 스스로에 의해 표명되고 있는 것을 그때 나는 확인했다. 나만해도 문학인들이 소설가나 시인이면 충분하지 싶은 생각이 근래 변하고 있음을 느끼는 중이다. 창작집이나 비평집의 필자 소개에 '박사'라는 호칭이 붙어 있으면 그가 드러내는 예술적 재능에 학문적·이론적 배경이 덧붙어 그의 작품에 지적 품위가 테크닉만이 아니라 내면으로도 더욱 풍요롭겠다고 다시 살피는 습성을 은연중에 보태고 있었던 것이다.

문학의 창조적 능력이 학문적 이력으로 더 깊고 풍성해지겠다는 순진한 이유만으로 든 생각은 아니었다. 오늘날의 예술 창작과 실연이 예능적 재능에만 의지하지 않고 이론적·지적 정신의 자산을 은근히 깔아가고 있다는 느낌을 나는 받아오고 있는 중이다. 예술에 대한 낭만적인 감수성에만 의존하던 시대는 지나고 있을 것이다. 엘리엇의 「황무지」처럼 각주가 많이 붙은 시도 떠올랐고 제주 4·3사건에 대한 소설을 읽으며 이 작품을 제대로 이해하려면 해방 후의 우리 역사 지식이 필요하겠다는 생각이 들었던 일이 기억났다. 임옥상의 그림에서 현실에 대한 인식을, 조성진의 피아노 터치에서 내면적 지성을 느끼기도 했다. 이제 예술도 실제로 진지한 현실 의식과 지적 접근이 필요하게 되었다. 그래서 예술가에게도 '박사'라는 호칭이 필요하고 그걸 자연스러워하는 때가 된 것이리라. 현대의 예술은 전 시대보다 더 진하게 내면적 지성을, 비판적 인식을 함축해야 한다.

우리가 다빈치며 베토벤 같은 위대한 예술가를 존경하며 그 사회적 위상도 그만큼 높았으려니 하지만 예술사회사는 예술가들의 창조적 자유가 존중된 것이 채 두 세기도 안 된 근대 시민사회에 접어든 이후로 보고 있다. 그 전에는 아무리 위대한 예술가라 하더라도 귀족이나 교회에 예속되어 주인의 지시에 따라야 하는, 하인보다 좀 높은 중인쯤의 계층에 속했다. 우리나라에서처럼 서양의 화려한 예술사회에서도 작가는 비서, 음악가는 귀족의 파티에 흥을 돋우는, 화가는 집이나 성당의 치장을 하거나 초상화를 그려주는 예인에 불과했다. 이런 예술가들이 독립적인 위상을 얻어낼 수 있었던 것은 아이러니하게도 프랑스혁명 이후였다. 귀족 계급이 와해되면서 예술가들은 스폰서, 정확히는 그 고용자를 잃게 되고 스스로 살길을 찾아야 했다. 예술의 자유, 예술가의 독립성을 의식하기 시작한 것은 여기서부터다. 그들은 자신들의 재능을 사줄 새 물주를 찾아야 했고 그 물주는 불행히도 자신들보다 교양과 문화의 수준이 낮은, 그러나 돈을 가진 부르주아였다. 이 어긋남에서 예술의 자유와 독립이 추구되고 창조적인 개성과 재능이 평가된 것이다.

한국예술종합학교가 개교할 때만 해도 예술가들은 천부적 재능으로 실기 훈련을 통해 미적 표현을 얻을 수 있으면 된다는 고전적 관념이 지배하던 시절이었지만, 한 세대가 지난 이제 우리 사회도 예술의 이론화·교과화로 객관적 인증을 받아야 하게끔 변모한 듯하다. 장인예술도 필요하지만 이론적 무장도 필요해진 것이다. 한예종이 이 변화에 맞닥뜨린 듯하다. 이강숙 초대 총장 시대의 고전적 예술가 인정이 이제 21세기 신세대다운 현실적 활용으로 바뀌고 있다. 이들은 연주자도 박사, 실연자도 석사여야 더 평가받는 시대의 예술가들이 된 것이다. 예술학교는 실기만이 아니라 이론도 가르치고 학생은 저명한 연주가에게 사사도 하며 연구와 공부로 자기 예술관을 다져야 했다. 예술학교들도 일반대학과 다름없는 소정의 과정을 거쳐 석·박사 학위 수여를 필요로 하게 된 것이다. 마침 미국에서 온 친구에게 물어보았는데 대답은 분명했다. 친척 아들이 줄리아드 출신인데

음악학 박사라고 했다. 예술학교이지만 과정은 실기와 이론 두 개 트랙으로 함께 교육이 진행되어 그 학위를 받았다는 것이다.

그러고 보니 당연한 이야기였다. 아름다움을 창조하는 실기 훈련도 있어야 하고 그 아름다움이 어떻게, 왜 아름다운지, 그 역사는 어떻게 변해왔는지 학문적 탐구도 해야 할 것이다. 미학이 오래전부터 독립 학과로 성립된 것이 그 때문이겠지만, 우리가 예술과 현실의 관계 연구를 설정한 예술사회사로써 이론적 관심을 키운 것도 두 세대 이전부터였다. 내 생각은 여기서 현대 예술가들이 처한 현실적 위상으로 번져갔지만 한예종 총장의 고민은 그 위상 정립을 위한 실제 문제였다. 돈이 되지 않아 쓸모없게 되거나 자본주의화한 예술계 현실에 대해 우리 사회도 진지하게 고민하며 생계에 무력한 예술의 가치를 실제화하기 위해 정부와 교육기관이 어떻게 책임질 것인지 구체적으로 고려해야 할 때가 된 것이다.

※ 숨 막히는 이 세상에서 더 이상 숨 쉴 수 있는 힘을 앗겨버린 젊고 맑은 영혼들에 삼가 서러운 애도를 올립니다.

〔2022. 11. 4.〕

세밑, 그 조용한 기다림

나오는 책마다 대충 챙겨 보는 제러미 리프킨의 최근작 『회복력 시대』를 읽다가 "14세기 중세 유럽의 역사적 분기점"이란 대목에서 문득 긴장했다. 이 무기력한 시대에 어떤 불화가 있었을까. 역사와 문명에 박학한 리프킨이 한 대답은 거창한 사건이 아닌, '기계식 시계의 발명과 이탈리아 화가들의 원근법 발굴'이었다. 후진국이었던 우리에게도 오래전 아주 값싼 처지로 밀려난 시계와 유치원 아이들도 무심히 그려내는 먼 길의 원근법이 중세와 근대를 가르는 계기가 되다니! 그러나 리프킨은 그 두 가지 하찮은 발명과 허접한 시선에서 "시간과 공간의 인위적 분할"이란 문명사적 혁신을 본 것이다.

어름어름 하루 일과를 햇살의 방향으로 짐작해 노동해야 했던 중세의 교회는 게으름을 '영혼의 적'으로 보고 육체노동을 죄의 회개로, 영생을 얻기 위한 봉사로 믿었다. 베네딕트회는 그 노동의 적절한 효율을 위해 시간을 지키는 방법을 찾았고 작업을 정시에 맞추어 하도록 기계식 시계를 만들어 사용했다. 사회학자 제루바벨은 수도회의 이 결정이 "인간의 진취성에 기계의 규칙적이며 집단적인 박동과 리듬을 부여하는 데 도움을 주었다"고 해석했다. 내가 여기서 흥미로워한 것은 가장 초월적인 종교 집단에서 과학기술의 잔재주가 세속 생활의 가장 효율적인 도구로 이용되었다는 점이다. '시간은 금이다'라는 자본주의적 무의식이 일상의 또렷한 기표로 작용하게 된 것도 여기에서 비롯된 것이다.

이로부터 한 세기가 안 되어 피렌체의 건축가 브루넬레스키가 유럽인으로는 처음으로 선형 원근법을 적용했다. 이 원근법의 개발은 그림 그리기를 넘어 지도의 제작에 변화를 일으키고 인류가 공간을 인식하는 방식을 바꾸도록 유도한 도구와 기법이 된다. 여기서 자연과 사물을 대하는 사유와 방식이 진전하여 19세기의 30년대에는 '과학'이란 말을 만

82

들며 한 세기 뒤에는 눈에 보이지 않는 원자력을, 그 한 세대 뒤에는 인류의 경계를 벗어나는 우주공학 기술을 만들어낸다. 하느님 나라로 오르는 층계로 알고 있던 공간은 이리하여 단테의 『신곡』에서 보던 세상의 테두리를 훌쩍 뛰어넘어 오늘날에는 달과 해, 그 너머의 우주와 그 우주 밖의 (다중) 우주를 상상하는 초우주적 사유 대상으로 끌어들인다.

인식 바깥의 존재였던 시간과 공간은 이렇게 인간의 사고와 생활 속으로 끼어들어 내면화와 우주화를 통해 시각과 상상의 경계 안과 밖으로 확장되기 시작한다. 그 변화를 촉구하고 확장한 첫 매개가 책이다. 15세기 중반에 이루어진 구텐베르크의 인쇄 기술은 인간이 알아내고 사유하며 기록한 모든 것을 포용했다. 성서로 시작된 그 인쇄는 아담 이야기만이 아니라 지구의 곳곳과 시간의 틈틈, 사람들의 갖가지 짓과 생각, 세상의 모양과 그 안에 숨겨진 비밀들을 적어 넘겨주었다. 그 책은 이제 종이에서 모니터로 넘어가며 시간과 공간으로 쪼개진 세상을 잇고 열고 관계를 맺어준 것이다. 내 나이의 한가로움도 이들 책 속의 몇 구절 덕분에 세월과 세상의 한없는 너비로 여유 있게 헤맬 수 있었다.

내 덧없는 시간 죽이기가 답답해 보였는지 아내가 상자 속에 스크랩해둔 몇 쪽 신문과 책 한 권을 내민다. 채 마흔이 안 된 수학자 허준이 교수가 서울대 졸업식에서 한 축사 기사와 그 또래의 또 다른 수학자 김인강 교수의 회고록『기쁨 공식』이다. 이미 흘낏 본 기사와 책이지만 방금 본 리프킨의 책과 어떤 연줄이 있을 듯해 다시 펼쳤다. 내 막내보다 젊은 그들의 말과 회고에서 또 다른 감동이 일었다. 두 젊은 학자는 수학을 연구했고 전혀 다른 가정환경에서 태어났으면서도 학문에 진지하고 삶에 진심이었다.

프린스턴 대학과 한국고등과학원 교수인 허준이 박사는 문학 지망생이었고 과학기자가 되고 싶어 했지만 어렸을 때 구구단도 외우기 힘들어했고 학교 다니기를 싫어해 자퇴하고 말았다. 검정고시로 물리학과에 입학해서 4학년 때 만난 교수에게 수학의 새로운 재미를 얻었고 마침내 미국 유학 중에 이름조차 생소한 '리드 추측'을 해결하는 데 성공한다. 이 공헌으로 그는 수학의 노벨상이라는 필즈상의 한국인 첫 수상자가 되었다.

김인강 박사는 대학교수 부모를 둔 허준이 박사와는 달리 가난하고 힘들게 살아야 하는 아버지 밑에서 소아마비를 고치지 못해 두 다리를 쓰지 못하는 장애를 가졌다. 그럼에도 스스로 깨친 한글과 셈본으로 누이의 숙제를 해준 그의 가장 밑바닥 기억은 "엄마 품에 안겨 석양을 바라보던 내 모습"이었다. 형과 누이의 책으로 공부하며 생텍쥐페리를 읽은 그는 '하나님이 주신 이성의 꽃'으로 여긴 수학을 공부한다. 그는 스스로를 "하나님의 실패작이 아니라 완벽한 계획"이라며 겸손했고 "자유로운 상상의 꽃을 아름답게 표현하는 것이 예술이라면 자유로운 상상의 열매를 논리적으로 표현한 것이 수학"이라고 생각했다.

불구 아들을 구박한 아버지에게서 오히려 "나를 위한 걱정과 사랑"을 깨닫는 그는 버클리에서 학위를 받았고 서울대를 거쳐 한국고등과학원 교수로 재직하고 있는데, 2007년에는 마흔 미만의 과학자에게 수여하는 '젊은 과학자상'을 받았다. 그의 자서전 표지에는 작은 글자로 "거지가 될 것"이라는 자기를 "위상수학을 전공한 수학자로 만든 하나님의 '기쁨공식'을 이야기하겠다"고 썼다. 이들은 천만다행히도 "국민을 위하여!"라고 큰소리치는 정치인들이 아니며 세계를 구한다는 종교적 메시지를 제시하지도 않는다. 조용히 삶과 그 사연들을 들여다보고 어린 시절의 소박한 사랑을 회상할 뿐이다. 참으로 고맙게도 사랑은, 그 사랑의 희망은,

보기 어렵고 듣기 힘든 그 작은 공손에서 우러나온다.

여든 후반 나이로 몰려드는 피로감에 젖으면서 나는 리프 킨의 책과 우리 두 젊은 두뇌의 이야기에서 따뜻한 희망을 얻는다. 이들의 말과 회고는 세상의 갖가지 어긋남과 시끄 러움 속에서도 유유한 걸음을 걷는 인류사와 반전하는 인간 사의 매력을 보여준다. 리프킨은 중세의 역사에서 지혜로운 세계사의 늠름한 진전을 발견하고, 두 수학자의 고백은 성 숙을 향한 삶의 역설을 간증한다. 역사와 개인들의 삶의 실 재가 보여주는 세상의 형상들, 그 말과 뜻들, 거기서 비롯된 따뜻한 인정과 밝은 미래가 여기서 바라보인다. 춥고 긴 겨 울밤이기에 환한 새봄이 다가옴을 예감하는 시인 셸리처럼, 나이 하나 더 얹는 새날의 해갈음이 험상궂은 세상을 '살아 볼 만한 삶'으로 받아들이도록 다독거려주리라. 이 내밀한 은유로의 스며듦이 바깥세상의 너절한 한 해를 보내는 내 가 난한 기다림의 축복이라고, 나는 부드럽게 믿는다.

〔2022. 12. 30.〕

가고, 가면 또 오리니……

　지난해, 내가 존경하는 분들이 유달리 많이 작고하셨고 그래서 그분들을 추모하는 마음이 간곡했다. 그럼에도 그 한풀이는 밝은 새해의 첫 글로 미루었다. 먼저 가신 분들이 나와 한 또래 나이들이어서 바로 나 자신을 미리 조문하는 듯 묵지근한 느낌에 눌리기도 했지만, 한 해가 지고 있다는 우수에 젖어, 자주 뵙지는 못하지만 말로나 글로 세상 이야기를 나누고 싶던 분들을 다시 뵐 수 없다는 생각에 아득해 있었다. 그처럼 허망해하는 나를 달래준 것이 정우현의 『생명을 묻다』였다. '과학이 놓치고 있는 생명에 대한 15가지 질문'이라고 표지에 밝힌 것처럼 생리학, 유전학에서 형이상학에 이르기까지 생명에 관련된 뭇 물음들에 따뜻한 마음으로 접근하는 그의 책에서 나는 내 앞의 어두운 함정을 다시 보고 새로 생각할 수 있었다.

가령 "살아가는 데 잠이 꼭 필요하듯이 죽음도 생명에게 꼭 필요할지도 모른다"는 그의 말에서 나는 육체의 소멸을 넘어 생명의 본원을 가리키는 손짓을 보았고, "누군가는 죽어서 살아 있는 자들에게 길을 터주는 것" "생명은 죽음을 통해서만 존재할 수 있다"는 지혜에서 '생명의 법칙'을 읽었다. "'있음에서 풀려나 스스로 알지도 못하는 사이에 어디에도 없는 곳으로 들어가는 것' 그것이 바로 죽음이다"라며 모든 생명이 죽음의 잉태를 통해 태어나는 순환-지속의 과정임을, 종교를 넘은 과학에서 해탈로 다가가는 자연의 도리로 수락하지 않을 수 없었다. 이 정서의 변화 속에서 내가 지난해 먼저 가신 분들에 대한 회상의 무거움을 새해 밝은 봄기운의 환하고 싱싱한 쪽으로 견뎌, 바꿀 수 있었다.

대학생 시절 『사상계』에서 진지한 서양 지성으로 익힌 글들로 나를 깨우쳐준 분이 불문학자 정명환 선생님이었고 그분의 첫 비평집을 내가 일하던 출판사에서 간행할 수 있었기에 자주 뵙지 못해도 친근한 스승으로 모셔왔다. 그분은 우리 지식사회에 서구 인문학을 자양으로 들여오면서 후진적인 우리 지성계를 세련해주셨다. 서광선 선생님은 우리 샤머니즘적 기독교를 지성과 화해를 위한 신학으로 발전시킨 신학자였다. 6·25 때 목사였던 아버지가 참혹하게 학살당한 모습을 보고 복수를 작심했지만 하우스보이에서 미국 유학생이 되어 신학자로 귀국한 뒤 민중신학으로 그 지향을 개척하셨다. 같은 교외 도시에 살면서도 메일로만 소통한 내게 서 목사님은 2년 전 성탄에 "환호와 소음의 축제가 아니고 조용히 문 닫고 식구들만 모인 가난한 식탁 위의 촛불 앞에 감사기도를 드리는 믿음과 사랑"으로 축복의 말씀을 주셨다.

이어령 선생님은 분명 우리 문화계에서 가장 뛰어난 지적 능력을 가진 분 중 한 분이어서 그분의 때 이른 작별은 더욱 안타깝다. 대학생 때 '우상의 파괴'로 기성 문단을 요란하게 흔든 선생은 서울올림픽올 소년의 굴렁쇠로 개막하면서 뛰어난 상상력을 발휘했고 일본인을 '축소지향형' 인간으로 분석해 일본인을 놀라게 한 탁월한 문화비평가였다. 선생님을 처음 뵙기는 1966년 남정현의 단편 「분지」 사건 재판에 피고 측 증인으로 나왔을 때였다. 문학작품이 북에 이용되게 했다는 검사의 비난에, "장미는 자신을 위해 뿌리를 뻗는 것이고 그걸 파이프로 만든 것은 인간"이란 촌철살인의 반론에 말이 막힌 검사가 분별을 잃고 선생에게 "당신 군대 갔다 왔어?"라고 엉뚱한 질문으로 분기를 터뜨리던 모습이 지금도 생생하게 기억난다. 그때 남정현 작가의 변호인이 한승헌 선생님이었다. 당시 소장 변호사였지만 그분으로부터 황인철 · 홍성우 등의 '인권변호사'란 이름이 번지기 시작했는데, 시인으로서의 그의 문재도 유명했지만 사석에서 그분과 자리를 함께하면 즉흥적으로 만들어내는 그의 재치와 유머로 웃음소리가 끊이지 않았다. 그럼에도 정치적 불의에 대한 그의 단호함은 의연했다.

유머는 역사학자 김동길 선생님에게도 방창했다. 김옥길 이화여대 총장님의 동생인 김 박사는 시국에 대한 야유 섞인 비판으로 청중을 사로잡는 분이었다. "이게 뭡니까"란 말로 유신 시절의 억압당한 세태를 야유하면서 그가 전공한 미국사에서처럼 우리 사회도 정치적 자유를 향유하고 싶은 열망이 막힘 없이 시원한 목소리의 강연에 담겨 있었다. 한일협정 반대 시위부터 한 세대 동안 유신 정치 억압에 가장 강렬하게 저항한 시인 김지하도 청년 시절부터 여러 고비를 잘

넘겨왔음에도 끝내 지난해 이승을 떠났다. 유신을 앞둔 박정희 정권의 억압 체제에 당시 「오적」으로 폭탄을 던진 김지하의 젊은 시절은 그 문학적 반항 때문에 군부 체제의 가장 혹독한 희생자가 되었다. 그의 비판과 저항은 우리 현대문학사의 가장 뜨거운 증례였고 문학과 문학인이 독재자의 억압 아래 어떻게 고통받아야 했고 또 반항해야 하는지 보기를 보여준다. 그런 그도 생명사상에 젖은 후기의 조용한 생애에 다가온 검은 그림자를 피할 수 없었다.

그의 빙모 박경리 선생님이 작고하신 빈소에서 조용히 침묵으로만 추모의 자리를 지키던 자그마한 여성을 나는 눈여겨보았다. 나중에 기회가 닿아 인사를 드릴 수 있었던 그분은 파리에서 활동하는 화가 방혜자 선생님이었다. 빛, 무한, 우주, 근원 등 인간의 영원한 아프리오리(apriori)를 주제로 추상화를 그리시던 방 선생님과의 메일이 문득 끊기더니 넛 날 후 그의 작고 소식이 들려왔다. 조용히 말을 아끼며 인간의 원초에 대한 형이상학적 주제를 형상화하던 방 선생님이 선물하신 한 점 작품이 내 설움을 다듬는다. '三百六十日 三百六十花開'(삼백육십일삼백육십화개)의 글씨가 쓰인 김지하의 매화 그림, 그리고 이 그림과 함께 두 화가와 이별한

91

것이다. 여기에 나는 『난장이가 쏘아올린 작은 공』의 작가 조세희에게 더불어 추모의 인사를 바친다. 내가 출간할 수 있었던 그의 뛰어난 '난장이' 연작들은 우리 근대화로의 역경을 치르던 시대에 가장 아름다우면서 슬픈 벽화가 되어 그 시절의 아픈 정서를 따듯한 설움으로 되새겨준다.

이렇게, 80대 정신들이 지난해 잇달아 세상을 떠났다. 그분들은 전쟁과 변란, 갈등과 혼란이 난만했던 한 세대 동안 그 암울한 미래를 어떻게 열어야 할지, 우리 지적 정서를 어떤 모습으로 다듬어야 할지 고민해온 지성들이었다. 이제 그분들이 비운 자리에 새로운 세기의 새로운 정신들이 들어설 것이다. 『생명을 묻다』가 깨우쳐준 대로 죽음은 새로운 생명의 탄생을 예비한다. 이 빈자리에 다시 새로운 생명들이 돋고 자랄 것이다. 한 설움이 가면 다음 봄꽃들이 새로 피어나 세상을 싱싱하게 만들듯. 그 환생을 밝게 받아들이기로 하자. 그렇게 가고, 가면 또 오리니, 이 거듭되는 세상의 끝없는 이어짐이 이어지리라……

〔2023. 2. 17.〕

이 바쁜 흐름 속의 작은 틈

내가 『한겨레』에 이 칼럼을 쓰기 시작한 지 이제 꼭 10년, 「2013년에 만나는 빅 브라더」로 운을 뗀 이 글쓰기는 예순 편을 넘기며 재미있는 세상을 재미없는 글로 개칠하면서 사람과 삶, 세계와 세상의 움직임들에 말거리를 이어왔다. 덕분에 이 칼럼들을 묶어 이편의 한계를 벗어나 '저편'의 의식을 열어보려는 두 권의 책으로 엮기도 하면서 나날이 새롭게 변모하는 세상을 낡은 사유의 열린 보수로 바라보려고 했다. 내 글쓰기는 신도시 공원 옆에서 다름없이 조용히 진행됐지만 두어 차례 정권이 바뀌며 대통령 관저가 청와대에서 용산으로 옮겨 가고 코로나19가 온 세상을 강타한 가운데

우크라이나가 러시아의 침략을 당하는 동안 우리나라는 세계 10위권 선진국이 됐다. 내 한가로움은 세상의 바쁨을 이렇게 외면하며 엇갈렸다.

내 여전한 신상처럼 조용한 듯, 그러나 근래의 내게 벼락처럼 느껴지는 변혁을 느낄 일은 있었다. 바로 신문에 회자하기 시작한 '인공지능(AI)'이었다. 새삼스러운 용어도 아니고 때아닌 발명도 아니어서, 지구 기온 상승, 국지적인 분쟁들, 중국의 부상, 한국의 선진국 공인 등 굵직한 사태와 함께 컴퓨터도 개발된 지 반세기가 안 된 세계 시민들의 새삼스러운 의식으로 보급된 것이다. 그럼에도 그것은 무서운 속도로 발전하여 물질의 인간 세상을 손으로 만질 수 없는 시간의 세계로 변화시키며 속도 그 자체를 연구 개발의 대상으로 구체화하는 혁신을 이루었다. 그것은 시간의 성격을 넘고 개념을 변화시켜 인간 정서와 존재 자체, 물질의 본질과 세계의 성격을 바꾸기 시작했다. 내 빈약한 역사의식으로는 15세기의 인쇄혁명도 이 사태에 비견하지 못할 것이었다.

우리나라가 더 먼저 개발했지만 그것을 산업에 연계하여 지적 사회를 책으로 재편성한 구텐베르크의 인쇄기는 맨 처음 찍은 것이 성경이었지만 반세기 만에 종교개혁을 불러올

정도로 인간의 지적 심성을 바꿔놓았다. 무지한 서민이 문자를 알게 되면서 문자 해독률이 급증하고 표기법이 바뀌며 표준어가 제정되고 문체를 개성화하는 등 보편 교육의 성과를 빠르게 확산시켰다. 그것이 르네상스를 불러왔고 과학혁명을 일궜으며 그 파급효과가 정치적 민주화와 사회적 정의의 길을 열었다. 독일의 한 촌락 도시에서 이뤄진 인쇄 기술의 개발이 중세에서 근대로 시대를 비약시켰고 대양과 대륙을 넘어 지구 전체로 세계를 확대했으며 오늘날 우리가 보는 현란한 과학의 문물 세계로 변모시켰다. 진보는 그렇게 하찮게 보이는 구석에서 소리 없이 일어나 '경천동지'의 결과로 나아간다.

50대에 처음 컴퓨터를 열고 문자질을 시작한 지 30년이 돼서도 나는 여전히 컴맹에서 벗어나지 못하고 있지만, 그 무력감 때문인지, 컴퓨터 혁명이 인류사를 새로운 단계로 비약하고 있음에 더 크게 놀라고 있다. 종이에 잉크로 사연을 써서 우표를 붙여 전하던 편지질은 자판 몇 번 두드리는 것으로 빠르게 전달되는 세상이 되었고 신문과 라디오, 텔레비전으로 뉴스의 현장을 보던 정보 세계가 이제 손바닥만 한 스마트폰으로 그 폭과 깊이가 더욱 넓고 깊고 빨라졌으며,

그 정보 세계에 나 자신을 틈입시켜 쌍방향으로 교류할 수 있게 되었다. 식민과 분단, 전쟁과 혁명, 빈곤과 혼란의 가장 후진적인 시대를 겪어온 나도 그 첨단의 문명을 손끝으로나마 즐길 행운을 누리게 된 것이다.

그런데 이제 드디어 컴퓨터가 말을 하고 사람과 대화를 나눌 수 있게 되다니! 나는 뉴스로만 알고 실제 경험은 못 한 채이 멋진(!) 세상을 떠나겠지만, 모스 부호로 전자 소통이 이루어진 지 한 세기 반 만에, 기계가 스스로 사람과 말을 하게됐다는 사실, 석판·목판에 이은 인쇄된 책자로 읽던 문자가화면의 영상으로 기록·전달·보관되는, 생활사의 새로운 비약을 치렀다. 호모가 말을 만들어 '사피엔스'가 된 것이 인류사의 첫 비약이라면, 5천 년 전 문자를 만들어 기록하고 전달하는 '호모 리테라투스'의 변혁이 두번째 비약이 될 것이다. 이 문자 생활은 책과 도서관, 기록과 연구의 근대문명에 기반한 정치권력과 민족국가를 구성했다. 그런데 80년 전 튜링의 '생각하는 기계'가 개발된 후 언어-문자에 이은 세번째인류사적 비약이 이뤄지고 있는 것이다. 짧은 생애 동안임에도 세계는 연필과 타자기를 거쳐, 이제 기계가 문자를 쓰고 말을 만들고 대화를 하며 그림을 그리고 작품을 창작하는 챗(Chat)GPT로 인류문화사의 세번째 비약을 하는 중이고 '기계의 인간어'란 새로운 문화적 충격 사태에 부닥치고 있는 중이다.

내 빈약한 상상력 때문에 우리가 새로운 인간적 기계언어를 어떻게 범용할 수 있을지 짐작도 못 하는 대신, 이처럼 거대한 획기적 변화에 대한 대응들이 얼마나 치열했는지 돌이켜보고 싶긴 하다. 알렉산드리아에 도서관이 설립됐다는 소식을 듣고 소크라테스는 이제 지혜의 말을 들을 수 없게 됐다고 탄식했는데, 구텐베르크가 인쇄술을 발명했을 때는 그보다 훨씬 혹독한 비난을 당했다. 무지한 민중이 책을 읽다니, 그래서 하느님 말씀이 구겨지고 세상은 더 어지럽게 됐다는 걱정이 엄청 컸던 것이다. 세종대왕이 한글을 창제했을 때 최만리가 백성들이 문자를 익히는 것에 항의한 것도 그런 이유였다. 하잘것없는 서민들이 글을 알아 세상일에 집적거린다는 것은 진지한 식자로서 무척 언짢은 일이었다. 다행히 개명한 우리 시대의 컴퓨터와 그것을 이용한 글쓰기는 그런 저항을 덜 받았다. 그럼에도 저자의 개념, 창작의 성격, 소득 배분 방법으로부터 글자의 형태, 책의 모양과 역할, 지식의 전달과 교육체계, 문화의 양식 등 '존재의 집'으로서 문자 세계는 의외의 방향으로 그 형태와 의미가 증폭되고 있다.

컴퓨터로 겨우 잡문이나 쓰는 내 한가로움 속에 문자 전달 방식의 변화를 지난 10년의 가장 큰 사태로 잡은 것은 그 때문이다. 만물의 영장이 타고난 능력은 기계장치인 인공지능으로 구현되면서 기왕의 예상 수준을 훌쩍 뛰어넘어 의식과 사유, 예술과 창작, 연구 방법과 개념을 변혁할 것이다. 이 변화, 저 변모, 미처 떠올릴 수 없는 변혁들 앞에 서면 차라리 절망이 닥쳐온다. 그 절망 속에서, 그럼에도 정직하게 말해, 나는 이 시대 변화가 반갑다. 미래를 저어하면서도 거기에 기대를 거는 것, 암담을 예감하면서 낙관의 구실을 찾고 비관에서 소망을 일구고 두려움에서 요행을 얻어온 것이 인류사의 과정 아니던가. 정신없이 바쁜 세상에 낀 작은 틈에서 인간들은 얼핏 여유를 즐겨왔다. 나는, 지난 10년 동안, 거대한 문명사적 움직임에서 이 글쓰기로 내 조용한 틈을 찾는 것이다.

〔2023. 3. 31.〕

늙은 어린이가 될 수 있다면

점심 후 별일 없으면 으레 동네 카페에서 혼자 커피를 마시며 너른 창문 밖 세상을 내다본다. 멀리 낮은 산이 푸르게 서 있고 그 앞으로 규모가 작지 않지만 높지는 않은 건물이 가로로 줄지어 있다. 그 앞으로 꽤 넓은 광장이 펼쳐져 있고 바로 창 앞의 길에는 자동차들과 사람들이 바쁘지 않은 걸음으로 오간다. 그 교외 도심 속의 여유 있는 풍경을 바라보며 한동안의 한가로움을 즐길 수 있는 게 내 노후의 조용한 사치이리라. 이 아늑한 여유 속에 시간 맞춰 노란 어린이버스가 서고 대여섯 살 아직 젖내 물씬한 아이들 네댓이 버스에서 내려 제 엄마일 듯싶은 젊은 여자분 손을 잡고 내게는 들리지 않게 재잘거리며 가는 모습을 보면 세상은 참 평온하고 다행스럽다는 안도감에 젖게 된다.

그 게으른 회상 속의 어느 날 문득 떠오른 것이 '만년샤쓰'였다. 어렸을 때 읽은 아동소설의 한 대목에 그 뜻과 소리가 다정하게 남은 말이었다. 소년 시절 어린이잡지도 많이 보고 동화책도 자주 보았기에 나름 아동문학을 제법 즐긴 편이었다. 그런데도 세월은 이길 수 없어 6·25 이전의 70여 년 전에 본 이야기들을 제대로 가다듬을 수는 없었다. 그런데 제목도 아리송한 이 이야기에서 체육 시간 러닝샤쓰를 입지 않은 맨몸의 소년이 선생님께 대답한 이 재미있는 말만은 잊히지 않는데도, 그 유다른 말의 앞뒤 이야기가 어떤지, 줄거리가 어떻게 진행되는지, 누구의 작품인지 기억해낼 수 없었다.

그래서 구한 것이 창비의 『정본 방정환 전집』(전 5권)과 문학과지성사의 『마해송 전집』(전 10권)이었다. 짧은 동화 한 편을 위해서는 너무 큰 투자였지만 친절한 두 출판사는 옛 우정을 담아 내게 선물을 해주었다. 참 좋은 인연을 고마워하며 나는 각각의 첫 권에 수록된 방정환의 「사랑의 선물」과 마해송의 「바위나리와 아기별」을 읽었다(아니, 즐겁게 누렸다). 창비판은 작은 글씨로 꽉 채운, 그래서 성인들의 문학 전집처럼 조판되어 있어 어린이책 같아 보이지 않지만 한 세기 전의 말에 그동안 바뀐 오늘의 아이들 말을 부지런히 각주로 붙여 그 뜻을 밝혔고, 문지사 전집은 저자의 10대 작품부터 60대에 작고하기까지의 아동문학, 수필, 회고록을 모두 실어 반세기의 우리 역사를 안은 문필가의 개인적·공적 삶의 역사를 보여주고 있었다. 이렇게, 마침 다가온 어린이날을 맞으며 아동문학 두 대가의 대표작들 속에서 나는 한봄을 지냈다.

내가 찾던 「만년샤쓰」는 방정환 전집 제2권의 '아동소설' 편에 들어 있었다. 체조 선생이 윗도리를 벗으라고 했는데도 한 학생만은 말을 듣지 않았다. 선생님이 다시 지시하자 소년이 양복저고리를 벗었다. 그는 샤쓰도 적삼도 아무것도 안 입은 벌거숭이 맨몸이었다. 선생은 깜짝 놀라고 학생들은 깔깔 웃었다. "'한창남! 왜 샤쓰를 안 입었니?' '없어서 못 입었습니다.' 그때 선생의 무섭던 눈에 눈물이 돌았다. 그리고 학생들의 웃음도 갑자기 없어졌다. 가난! 고생! 아아, 창남이네 집은 그렇게 몹시 구차하였던가…… '오늘하고 내일만 없습니다. 모레는 인천서 형님이 올라와서 사 줄니다.' '오늘같이 제일 추운 날 한창남 군은 샤쓰 없이 맨몸, 으응, 즉 그 만년샤쓰로 학교에 왔단 말이다.'" 작품 속의 이 에피소드가 한 세기 넘도록 그의 번안 동화집 『사랑의 선물』 속 많은 옛이야기와 함께 내 아련한 기억 속 한 조각으로 남아 있었던 것이다.

마해송의 글은 대학 시절 이후 에세이와 회상기로 많이 읽었다. 「떡배 단배」「편편상」과 「아름다운 새벽」을 이은 그 단아한 문체 속에서 한 작가의 청년기와 교우기를 보았었다. 뒤늦게 그분의 동화가 생각나면서 「바위나리와 아기별」을 다시 읽었다. '1923년에 발표된 우리나라 최초의 창작동화'로 알려진 이 작품의 편자 주석에 의하면 "1923년 5월 1일 제2회 어린이날 처음 행사에서 구연되고 1926년에 『어린이』 1월호에 발표되었다". 그러니까 이 동화는 정확히 백 년 전에 발표되었고 3년 후 활자화되어 우리 문학 최초의 아동문학 작품으로 편입된 것이다. '어린이'란 새말을 만든 방정환은 서양 동화를 번안한 「사랑의 선물」(그 이야기들이 참 슬프고 아름답다)을 발표했고 1923년 개벽사를 통해 잡지 『어린이』를 발행했다. 최남선의 「해에게서 소년에게」가 첫 근대잡지 『소년』에 발표된 지 15년, 김동인의 첫 현대소설 「약한 자의 슬픔」이 첫 문학동인지 『창조』에 게재된 지 4년 후에, 방정환의 어린이잡지가 창간되고 세 해 후 마해송의 작품이 우리 아동문학사의 첫 창작동화로 발표된 것이다. 우리 아동문학은 짐작보다 이르게 열렸다.

그로부터 정확히 한 세기가 지난 이제, 그 작품들은 그걸 읽는 내 감상을 기묘하게 이끌었다. 나의 소년기는 해방에서 1950년 한국전쟁을 거쳐 지나왔기에 방정환과 마해송이 살던 세상과 그때 쓰던 말들이 내 어린 시절의 눈과 귀에 익어 있었고 주석 없이도 이해되는 글발들이었다. 편집자가 각주로 '듬직하다'로 설명한 '끌끌하다'나 '부대'(부디) 같은 말은 어릴 적의 익숙한 말로 들려왔고 소년 시절 신문에서 본 마해송의 '사사오입' 정치 비판 발언도 바로 기억되었다. 1930년대 초 조선어학회가 표준어를 사정했지만 나는 그보다 10년 전의 방정환·마해송 작품들을 오히려 다정한 소년기에 익은 말로 받아들일 수 있었다. 내가 처음 써본 글자는 입학 직전 익힌, 내 일본어 한자 이름이었지만 한 학기 후 해방을 맞으며 새로 만든 한글 교과서로 학교 공부를 새로 해야 했다. 참 혼란스러운 문자 교육과정이었다.

어린 나이에 읽은 동화들이기에 옛이야기 조각들이 이젠

묵은 정서로 불려 나온다. 추위에 한없이 떨던 한네레, 하늘의 외로운 별과 바다의 작은 풀 한 잎이 나누던 그리움, 만년샤쓰의 가난에도 더욱 씩씩한 소년, 그것들은 외려 깊고 오랜 아픔의 추억으로 흰 머리칼의 내 속을 담담하게 적셔온다. 정말 문자보다 말이 오래고 말보다 심정이 더 깊다는 것을 깨닫는다. 한 원시 부족은 해가 바뀌면 나이를 먹어 그 숫자를 줄여가는 문화가 있었다 한다. 태어나면서의 백 살 나이가 한 살씩 먹혀들어 아흔아홉, 아흔여덟으로 줄어들고 결국 그 나이가 다 없어지고도 혹 살아 있으면 그 삶은 덤이 된다. 지금의 내 나이는 그 재미있고 의미 있는 셈법으로는 '만년샤쓰'의 소년에서 '아기별' 사이가 될 것이다. 이렇게 늙은 어린이가 될 수 있다면 어떨까. 남은 몇 해 헤아리며 비로소 어린 정서로 적셔들 수 있을까. 여든 넘은 여덟 살 아이가 될 수 있을지, 참 엉뚱해진다.

〔2023. 5. 12.〕

말하는 인공지능 앞에서

　인공지능(AI)이 말을 하기 시작했다는 기사를 보던 즈음, 뜻밖에 서강대 우찬제 교수의 메일이 왔다. 인공지능에 내 이름을 넣었더니 이러저러한 소개가 나왔다며, 그 내용을 전하는 것이었다.

　그 소개는 내 보기에 내 실재라기보다 내가 되었으면 하고 바라던 모습이어서, 공정하게 말해 반은 맞고 반은 지나친 것이었다. 이때의 나는 신문 기사로만 보고 나와는 인연 없는 사태라고 여겨온 인공지능이란 것에 우선 포박당하는 느낌을 받았고, 이어 그 기술적·공학적 과정과 원리를 이해하지 못한 채, 아마 모르기 때문에 더욱 심각하게, 인류의 발전

단계가 하나 더 올랐음을 진지하게 인정해야 했다. 피조물인 인간이 이제 조물주의 반열(!)에 올랐다는 것, 그것이 내 첫 소감이었다.

하긴 인간의 일을 대신해줄 발명품은 매우 오래전부터 나타나 우리 삶 속에 축적되어왔다. 몽둥이가 주먹 대신 가축이나 적을 두드려 팼고, 칼이 이 대신 과일과 고기를 잘랐다. 그 무기와 도구의 발전은 수천 년을 거쳐 진행되면서, 총과 전차를 만들고 전기로 에너지와 빛을 얻고 기차와 자동차·비행기로 세상을 누볐으며, 로켓으로 우주를 날았고 원자력에서 그 동력을 찾았다. 마침내, 지능과 지력을 통해 인간만이 써왔던 말까지 사람 아닌 물건에 그 사용 능력을 심어준 것이다. 피노키오가 그 동화처럼 장난꾸러기 소년이 되고, 낭만주의 시대의 작가 메리 셸리의 공상에서 나온 프랑켄슈타인이 실제로 존재하게 되면서 '비인간의 인간적 능력'을 보고 겪게 되었다.

아직은 이 인공의 언어가 인간의 언어를 따르지 못할 것이다. 내가 '사물의 언어'란 사건에 충격받고 두어 권 책을 더 들어, 이해는 못 하면서 알게 된 점은 그랬다. 우선 그것은 어휘를 조립하여 제작된 것이어서 인간의 의식처럼 태어나 성장하지 않았다. 그렇기에 과거가 없고 인식과 그 가치를 갖추지 못한다. 챗GPT는 자기 말을 되풀이 인용할 수 있겠지만 그 지능을 얻기 전의 일을 회고할 수 없다. 그래서 생각과 반성이 없어 판단 기준도 없다. 말은 하지만 그 말이 진실인지 아닌지 판별할 능력이 당초부터 없다는 것은, 그것을 만든 인간에게 불행이기도 하고 다행이기도 하다. 그 피조물은 왜 나를 이렇게 만들었느냐고 항의하지도 보복하지도 않을 것이다.

챗GPT가 언어모델이지 사유모델이 아니라는 것이 그래서 다행이기도 하고, 인간보다 많이 부족한 점에 마음 놓이게도 된다. 키신저 등이 저자인『AI 이후의 세계』라는 책을 보면 '생성형 사전훈련 트랜스포머(GPT)'란 어려운 이름을 붙인 이 언어모델은 주어진 단어로 다음 단어를 연결하고 문장을 만들어 정보를 전하지만, 그 정보는 가치론적 사유 없이 언어 관계로만 이어져 말로서는 완벽하지만 그 말이 진실인지 거짓인지, 그게 어떤 의미를 갖는지에는 개입하지 않는다. "인공지능은 인간의 지식을 확장하지만 이해를 확장하지 않는다." 그것은 '생성된 지능'이지만 그 말의 유효성, 참됨을 판별하는 평가적 지능은 갖지 못한다. 말만 할 줄 알지 그 뜻을 모른다. 그러니까 그것은 사실을 전달하지만 가짜뉴스를 만들어낼 수도 있고 거짓말도 하지만 그게 가짜 혹은 헛말이라는 것을 모르는, 아니 애초부터 그 여부와 관계없는 존재이다.

『AI 이후의 세계』에는 재미있는 예시가 나온다. 2020년 초 미국 매사추세츠공과대(MIT) 연구진이 제작한 'GPT-3'은 미완성 문장을 제시하면 완성된 문장으로 만들고, 말을 걸면 대화도 한다. 그 GPT-3에게 질문했다. "이 시스템이 실제로 뭔가를 이해할 수 있는가?" "네, 이해할 수 있습니다." 다시, "GPT-3에 양심 혹은 덕성이 존재하는가?" "아니, 존재하지 않습니다." 질문 3, "GPT-3은 독립적인 사고를 할 수 있는가?" GPT-3은 그럴 수 없음을 자인하고 자기에겐 그럴 능력이 없다고 고백하며 이렇게 대답한다. "그 이유는 제가 여러분처럼 사고하는 기계가 아니라 언어모델이기 때문입니다." 자기는 스스로 생각하고 의미를 만드는 사고의 존재가 아니라 어휘만 이어 문장을 만드는 언어생성모델이라는 것이다.

속사정은 모른 채 대충 짐작되는 내용이었다. 내장된 많은 어휘로 말을 만들 수는 있지만, 인간처럼 사유하고 판단하고 확인해서 발언하는 것이 아니라 숱하게 떠도는 낱말들을 관련성으로 이어서 말로 만든다는 것이었다. 그 말 중에는 맞는 말도 있지만, 당연히 어이없는 말도 끼어들 것이다. 비인간이 인간보다 더 진실한 말을 할 수도 있지만, 그럼에도 턱없는 말, 이치에 닿지 않는 말이 더 많으리라는 것은 그래서 자연스럽다.

그럼에도 나는 그보다 더한, 더할 수 없는 두려움을 가지고 있다. 어쩌면 인류사는 거대한 획기적 변화에 처해 있는 게 아닌가 하는 놀라움이다. 사람은 말을 할 수 있기에 사피엔스가 되었다. 이제 사람 아닌 사물이 자기 말을 사용한다면? 제2의 인간이 출현하고 또 다른 사회가 형성되고 전혀 새로운 세계가 만들어질 것이다. 인간은 인간만이 전유하는 말을 통해 세계를 소유해왔는데, 그렇다면, 이제 인간 아닌 어떤 것이 인간처럼 말을 사용해 또 하나의 사회, 또 다른 정신, 그리고 다시 새로운 세계를 구성해낼 것인가. 그때 당초의 우리 인간은 어떤 모습으로 존재, 혹은 잔존할 것인가? 이 변혁은 구텐베르크의 인쇄기 발명이 일으킨 혁명을 돌이켜보면 짐작이 된다. 단순히 문자의 빠른 보급 방법을 개발했을 뿐인데도, 그것은 종교혁명, 르네상스 등 인류사의 거대한 혁신을 불러왔다.

내 무지한 생각은 너무 나갔을 것이다. 예수의 제자 요한은 "태초에 말씀이 계시니라"며 복음서를 시작한다. 그런데 피조물인 인간이 "나는……" 하고 말씀을 떼는 기구를 제작했으니, 어찌 황당하지 않겠는가. 한 시간 걸릴 일을 30초도 안 되는 순간에 치르는 이 인공지능은 가짜뉴스로 세상의 문리를 위협할 수도 있는데, 이때 세계는 정말 어디로 향할 것인가. 사람은 무엇이 되고 미래는 어떤 형상을 이룰 것인가. 코페르니쿠스가 이 지구를 밀쳐내고 태양을 세상의 중심에 옮겨놓았던 것 못지않은 변혁이 다가오는 게 아닐까. 우리는 언어의 발명, 문자의 발명에 이어 언어생성기의 발명으로 새로운 세계를 꺼내 오고 있는 것이 아닐까.

〔2023. 6. 30.〕

세속의 삶과 그 항의

인공지능이 개발되어 사람과 말을 할 수 있게 되었다는 보도는 내게 의외로 긴 충격을 준 것 같다. 근래의 발전으로 보아 당연히 이를 것으로 예측했으면서도 사물이 사람들과 말을 나눌 수 있다는 게 도무지 믿기지 않고 오늘의 인간 문화가 새로운 단계로 뛰어오른다는 '인류사적 비약'이란 말만 되뇌고 있었다. 호모가 언어를 사용하여 사피엔스가 되는 30만 년 전의 단계, 문자를 만들어 역사를 기록하기 시작한 5천 년 전의 호모 리테라투스 단계, 인쇄술을 이용해 글로 엮는 6세기 전의 인쇄혁명에 이어, 이제 인간 세계는 사물로 하여금 인간의 언어를 사용하게 하는 새로운 '인류사적 변혁'으로 나서고 있는 것으로 보인다. 이 급변의 역사를 관통해서 삶을 누린다는 내 생애의 행운과, 어쩔 수 없이 여기 끼어든 변혁의 불안함이 안기는 또 다른 두려움이 드잡이하는 혼란에 나는 피할 수 없이 젖어들기도 한다. 인간만이 유일하게 사용할 수 있으리라 믿어온 언어가 사물에 의해서도 사용될 수 있다는 사실은 앞으로의 인류사적 사태를 어떤 형태로 불러올지 예측할 수 없는, 그래서 미래는 오히려 무섭고 불안한 예감으로 달려드는 것이다.

여기서 생각을 멀리 에둘러 찾은 인물이 다빈치(1452~1519)와 미켈란젤로(1475~1564)였다. 르네상스를 불러온 이 예술가들은 최고의 재능을 가진 이른바 '천재'로서 하늘이 안겨준 그들의 능력은 회화와 조각·건축을 통해 당대 주류의 기독교 정신을 르네상스의 인본주의적 감수성의 세계로 틀어 새로운 지향의 예술 지평을 열었다. 아이작슨의 『레오나르도 다빈치』와 윌리스의 『미켈란젤로, 생의 마지막 도전』은 이들이 치러낸 삶을 소개하면서 하늘로부터 타고난 천재다움과 함께, 당연히 우리와 다름없는 지상에 묶인 인간적 면모도 보여주었다. 내가 여기서 찾은 것도 그들의 타고난 초인적 예술보다는 이 험한 세상 속 그들도 피하지 못한 세속의 강박, 그들도 고통받아야 했던 지상의 누추함, 그럼에도 그 비속한 삶을 견디고 아름다움을 향해 세상의 너저분한 고역들을 이겨내는 인간적 견딤이었다.

「모나리자」와 「최후의 만찬」의 화가 레오나르도 다빈치는 건축가이면서 광학·식물학·지질학·무기 등을 탐구한 과학기술자이자 해부학·의학에도 밝은 생리학자로서 당대의 모든 예술과 학문에 뛰어나게 능통했다. 그러나 고등교육을 받지 못해 당시의 지식인이라면 으레 사용했을 라틴어에 미숙했다. 사생아였고 이성 간 성교에 혐오감을 드러낸 동성애자였으며 동물을 사랑한 채식주의자였고 딱따구리 혀를 그리고 싶어 한 왼손잡이로 현실과 공상 세계를 구분하지 않았다. 그는 계획하고 설계했지만 그 많은 것들을 끝내지 못하고 상상의 자유를 더 크게, 마음껏 누린 '미완성의 천재'였다. 그 당시 발상조차 할 수 없었던 비행기를 설계했고(훗날 그가 설계한 대로 만들어본 그 기계는 날 엄두를 못 냈다), "구상을 현실화하기보다 구상 그 자체를 좋아한" 기술자였지만 끝내 "나는 사는 법을 배운다고 생각했는데 실은 죽는 법을 배우고 있었다"고 솔직하게 인정하고 말았다. 그가 쓴 글과 설계 등등 현존하는 원고·메모 들은 7,200쪽이지만 실제 양은 그보다 네 배 더 많은 것으로 짐작되는데 "위대한 고통 없이는 위대한 재능도 없다"는 말로 자신의 인간다움을 정직하게 드러낸 그가 죽음을 앞두고 남긴 마지막 말은 "수프가 식고 있다"였다.

다빈치보다 23살 아래인 미켈란젤로는 그런 다빈치를 존경하기보다 오히려 늘 혐오감을 드러냈다. 나는 피렌체에서 그의 「다윗」상을 보고 감동한 적이 있다. 미켈란젤로는 그의 대표작들을 완성한 후 노년의 삶을 여유 있게 즐기며, 여느 천재들과는 달리 자식들과 대가 예술가로서의 영예와 유복한 시민적 여유를 누리며 풍족하게 살았다. 그런 그도 석상 「모세」를 끼고 산 마지막 10여 년은 죽음을 앞둔 노인의 한탄으로 점철되고 있다: "피렌체로 돌아가 죽음을 벗하며 그곳에서 쉬고 싶다"고 고백하고 "죽음은 오래 머문 감옥을 나서는 일"이라는 소감을 토하며 깊은 우울 속에서 "나는 노인이고 죽음은 내게서 청춘의 꿈을 빼앗아갔다"고 한탄했다. 장인에서 귀족 계급으로 신분이 상승했음에도 그는 "이제 나의 백발과 나의 고령을 내 것으로 받아들인다/이미 내 손안에는 저승의 차표가 들려 있다/저승은 진정 참회하는 자만이 바라볼 수 있는 것"이란 시를 쓴 것도 이런 늙음의 자의식에서 나온 것이리라. '죄악과 무용성'에 침잠해 있던 미켈란젤로는 드디어 자신의 예술가 경력이 끝났다고 자인하며 '죽음에의 순명'을 확인한다. 병자성사를 받고 그는 "저승은 진정 참회하는 자만이 바라볼 수 있는 것"이란 말로 생애를 마친다.

'미완성의 대가' 다빈치와 스스로 '오류로 가득한 일생'이라 고백한 미켈란젤로는 중세의 세계를 넘어 근대로의 새로운 지평을 열면서도 자신들이 문을 연 르네상스의 실제 장면들을 미처 예상하지 못했다. 그리고 나는 지금 인공의 언어로써 새로운 세계로 변화할 미래의 모습들에 당황하면서 '선량한 죽음'이란 중세의 지혜를 떠올린다. 과연 오늘의 사물들은 어떤 형태의 세상을 만들 것이고 그 형상은 무슨 꼴을 보일 것인가. 중세를 지배한 것은 신앙이었고 현재를 아우르는 것은 과학이다. 신앙을 예술로 승화한 중세의 화가들처럼 태양계를 넘어서는 우주론이 지구적 인생관을 뛰어넘을 그 세계는 어떤 모습이며 그것은 어떤 쪽으로 그 영원성을 추구할 것인가.

다빈치도, 미켈란젤로도 자신의 육체적 수명에서가 아니라 자기 손으로 만든 작품에서 그 영원성을 품어 안아 들였

115

고, 예술을 떼면 그들도 가냘프고 노쇠하며 결국 죽음을 한
탄하는 여느 세속인들과 다를 바 없는 인간이었다. 그런 속
살이기에, 예술은 끝내 그 '있음'의 덕성과 무상한 것들의 무
의미함을 드러내는 인간적 자의식이 아닐까. 그렇다면 「모
나리자」의 신비한 미소와 「다윗」의 힘찬 돌팔매는 이처럼
땅 위의 삶과 그 시간이 뿌리는 운명의 받아들임이고 비속한
지상 세계에 대한 외로운 존재의 체념 어린 항의가 아닐지.
그렇다면 이 과학의 시대는 그 죽음 앞의 모습들을 어떻게
만들어갈 것인지……

〔2023. 9. 1.〕

노년의 책읽기

복거일이 기증한 그의 다섯 권짜리 장편소설 『물로 씌어진 이름』을 보기 시작하다가 내 정신은 주인공 이승만으로부터 엉뚱하게 나의 옛 소년 시절로 빠졌다. 이 소설의 처음이 내 출생 시기와 비슷한 탓이었으리라. 초등학교에 입학하는데 어쩌면 시험을 볼지 모른다고, 갓 중학생이 된 형이 내 일본어 이름과 학교 이름을 한자로 가르쳐주어 그걸 익히던 일이 회상된 것이다. 그리고 열 살 때던가, 누이가 빌려온 소설책에서 재미난 중간제목이 눈에 띄어 보기 시작해, 그 끝을 먼저 본 뒤 앞으로 돌아가 다 본 것이 내 성인도서의 첫 읽기였다. 저자며 책 이름은 당연히 잊어버렸지만 당시 유행하던 이른바 '대중소설'이었고 내 책읽기가 거기서 시작했기에, 그 후 청소년들이 어떤 책이든 읽기만 한다면, 아이들이 재미만 찾아 혹은 연애소설 같은 책을 본다고 걱정하는 어른들의 핀잔에 동조하지 않았다.

사회인이 되어 신문사 문화부에서 일하면서 문학과 학술, 출판을 담당했기 때문에 나는 책을 피할 수 없었다. 어떤 건 건성으로 차례와 서문으로도 대강 짐작하며 읽은 척하면서 내가 아는 책들은 더 늘어났다. 신문사에서 물러나 시작한 일이 출판업이었기에 만들고 얻고 산 책들이 높이 쌓여갔다. 마침 1980년대, 한 전문대 도서관이 받아들이겠다고 해서 아끼는 책을 보관한 책장 하나만 빼고 제목도 보지 않은 채 모두 넘겨주었는데 7천 권, 한 트럭분이었다. 그리고 23년 전 신도시로 이사할 때 이 비슷한 책 정리를 한 번 더 치렀다. 내가 사고 얻은 책들은 물론 시중에서 쉽게 구할 수 있는 값싼 일반 서점 도서들이어서 그리 아쉬울 것도 없었다.

그래도 아까워한 적도 있었다. 해방을 맞은 초등학교 1학년 때 중1이었던 형이 내게 넘겨준 것 가운데 가장 귀중한 것이 잡지 『소학생』이었다. 타블로이드판 주간이었다가 곧 4×6배판 어린이 월간지가 된 이 잡지를 나중에 창간된 『소

118

년』과 함께 나는 열심히 구입해 보고 차곡차곡 모아두었다. 6학년, 6·25 피란에서 돌아와 그 잡지들이 불탄 것을 보고 2층 우리집이 사라진 것보다 더 섭섭해했다. 그 발행사 이름에 든 '을유'가 무슨 뜻인지 내내 궁금해하다가 한참 후 해방된 해인 1945년 을유년에서 따왔음을 알게 된 내 어리석음을 훗날 정진숙 을유문화사 회장님께 고백해 반가운 웃음을 산 적이 있다. 중학교에 진학해 이번에는 『학원』을 보고 모으는 재미가 유달랐는데, 이제하, 유경환을 비롯한 소년 문사 작품들을 지방의 어린 눈으로 무척 부럽게 바라보았다.

10년 동안 일간지 문화부 기자 노릇을 하며 최인훈·홍성원에서 최인호에 이르기까지의 소설가들과 황동규·마종기·김영태 등 시인들과 어울리며 평론가 김현의 제의로 김치수·김주연 등 대학으로는 후배이지만 문학으로는 선배인 친구들과 어울리며 계간 『문학과지성』을 간행하던 때의 보람은 당연히 유다른 것이었다. 우리보다 몇 해 앞서 계간지를 만든 백낙청·염무웅의 『창작과비평』과 달리 이른바 순수문학을 지향했기에 우리는 '창비'와 다른 '문지'의 문인 블록을 이룰 수 있었다. 때마침 문학의 참여/순수, 리얼리즘/모더니즘으로 맞서 논쟁이 일던 참이어서 두 잡지는 문학의 존재이유와 그 창작방법론에 대해 진지한 토론을 벌이게 된 참이었다.

이즘에 접해야 했던 책과 글 들은 왜 그리 까다롭고 어려웠는지. 그러면서 내 젊은 시절, 중년 시절은 시대의 어려움을 함께 겪으며 유신과 민주화 과정을 헤쳐나가야 했다. 그러면서 25년, 서기 2000년이 되는 해, 나는 새로운 세기야말로 문화에서 문명으로 넘어가 디지털 세대의 것으로 접수될 것으로 판단하고 우리 아날로그 세대는 뒷전으로 물러나야 한다고 생각하며 출판사와 잡지 일들을 후배들에게 넘겨주었다. 그리고 나는 '자유 지식인' 생활로 들어갔다.

문단의 현장에서 물러나고 지식사회의 변두리에서 서성거리면서도 김치수 말마따나 '정년이 없는 글쓰기'의 시간만은 유예하고 싶어 자습으로 컴퓨터 글치기를 익히며 잡문이 섞인 문학비평도 쓰고 신문 칼럼도 기고하는 등 글쟁이의 짓거리는 계속했다. 그것이 '짓거리'일 것이, 내 글쓰기가 멋대로의 자유로움을 누린 때문이고 그 자유로움은 노년의 책임 없는 책읽기로 가능했다. 내게 온 청탁이 까다로운 원전의 인용을 요구하는 것도 아니고 체계적인 논리를 짜는 것도 아니었다. 그러니 그저 읽고 거기에 얽힌 생각을 늘리거나 기억을 이어 얽으면 편집자들은 노인의 글이니, 하고 허용해주는 듯했다. 나는 이 방만한 작문을 좋은 말로 '자유로운 글쓰기'라고 하는데 그것은 이 '멋대로의 책읽기' 덕분으로 가능한 것이었다.

그런 덕에, 명색이 '문학평론가'였지만 실제는 잡문가였고 내 책읽기는 카뮈와 도스토옙스키 전집을 몰아 읽거나 황순원부터 최인호로, 식민시대사에서 현대과학사로, 그리고 그 과학자들의 스릴 넘치는 탐구의 과정들을 제멋대로 덤벙거리는 잡독이었다. 그 잡독이 나이 들수록 과학과 과학사 이야기로 모이는 것이 스스로도 흥미롭다. 이해도, 설명도 할 수 없는, 더구나 현대과학의 정밀한 논리와 체계를 짐작도 못 하면서 그런 유의 책에 매달리고 있는 내 늙마의 취향에 대해서는 '모르니까 당긴다'는 호기심 많은 청소년기의 연애 심리로 설명될 수 있을까.

나이는 목에 차고 능력은 발등으로 내려앉아 의욕이 바닥난 이제, 새삼 무슨 엄두를 낼 것인가. 그래, 드디어 "물로 씌어진" 내 이름의 작고 여린 몸에 어울리게 처신할 단계에 이르러 조용히 뒤칸 허물 감출 자리로 옮겨야 할 것이다. 새로운 세기의 새로운 세상이 펼치는 새로운 모양들을 구경하며 조용히 순명하는 것, 그 뜻과 형상을 이해 못 하는 대로 바라보고 눈으로나마 챙기는 것, 그래도 그것이 이제의 내 책장 앞에 차려진 음전한 자리이겠다 싶어진다. 생애는 짧고 사연은 어설픈데 마음은 한스럽고 몸은 허술하다. 늙고 낡은 정신에 다가오는 책들을 만지작거리며 겉핥기로 얻고 속내 없이 잊어버리고 마는 속절없는 내 80대의 독서는 이 노쇠의 자리에서 뒹구는 시간과 함께 헛된 망령으로 흐르고 있음을 깨닫는다. 결국 이 나이의 내게 책이 줄 것이란 허망의 소회로 그칠 뿐인데……

〔2023. 11. 10.〕

글과의 생애 엮기

숙제로 작문을 내주던 초등학교를 졸업하고 중3 때 처음 내 글이 교지에 인쇄된 것을 보았고 고등학생 때 비로소 학생지와 지방 신문에 '작품'을 발표했다. 문학이라든가 작가라는 것은 어른들의, 그것도 천재적인 재능을 가진 분들의 것이고 나는 다만 우등생이어서 으레 내야 할 숙제로 원고지 칸을 글자로 메꾸곤 했다. 대학생이 되어 이미 시단에 등단한 시인을 친구로 사귀면서도 글쓰기란 내게 당연히 망외의 직분이었고 그럼에도 버릇처럼 원고지에 끄적거리기는 했다.

내가 문학이라는 글쓰기 세계로 발 디딘 것은 신문사 문화부 기자로 일하면서도 여러 해 뒤였다. 대학 후배지만 일찍

문학판에 뛰어들어 왕성한 열정을 보이던 김현의 유혹 때문이었다. 아니, 그의 덕이라 해야겠다. 사람 사귀는 데 비상한 열정이 있었던 그는 또래 글쟁이들을 모아『68문학』이란 동인지를 발간한다며 그 명단에 내 이름을 나 몰래 불쑥 넣은 것이다. 그 강요 때문에 나는 같잖은 작가론을 썼고 그 글로 나의 문학평론가 입신이 이루어졌다. 반세기 넘어 전의 어리숙한 시절 일이다.

그 후의 나는『문학과지성』이란 이름으로 나온 계간지의 편집 동인으로 참여했고 1975년 동아일보 사태로 신문사에서 물러나면서는 실업자가 된 나를 위해 그 친구들이 엮어준 출판사에서 일해야 했다. 이때 나는『문학과지성』편집 동인으로 참여하면서 출판사를 경영해야 했고 사장 노릇이 부끄러워 작품을 읽고 쓰는 비평가로 행세하며 책읽기—글쓰기—내기의 작업을 의무감으로 감당해야 했다. 그래도 그 일이 힘들고 무겁기보다 즐겁고 보람 있었던 것은 문지 동인들을 비롯한 많은 문학인, 저자 들이 청진동 25평 좁은 사무실에 몰려와 떠들고 나누고 엮는 문학공동체가 되어 지식사회를 향한 유신 시절의 억압을 견뎌낼 수 있었기 때문이다. 정문길의『소외론 연구』,『광장』의 최인훈 전집을 엮으며 조세희의 '난장이' 연작에 공감하는 글을 쓰고, 황동규·마종기·정현종의 시집 간행으로 당대의 지식인 작가들의 작은 공동체를 이루며 그 억압의 시대에 공감과 토론이 있는 한 줄기 숨 쉴 자리를 펴는 보람을 즐길 수 있었던 것이다.

그리고서 25년, 나는 2000년의 21세기를 맞으면서 이 새로운 시대는 후배들의 것이어야 한다고 생각했고 그래서 스스로 그 자리를 물러났다. 그리고 집도 서울에서 벗어나 신도시로 옮기면서 '자유 지식인'이란 멋진 이름으로 자칭하며 한가로움을 누린 지 이미 사반세기가 되어간다. 물론 점점 줄어드는 책읽기와 더욱 게을러지는 글쓰기, 그리고 이제 그 힘이 다 닳았음을 자각하게 되는 80대 후반에 이르러 나 자신의 생애를 새삼 돌아보게 된다. 그 반성은 부끄러움과 아쉬움만이 아니고 다행히 내 나이를 다독거리며 내가 살아온 시대의 증인으로 자부해도 좋겠다는 생각마저 드는 것이다.

우선 이 시절은 민주화가 진행된 시대였다. '자유민주공화국'의 명의에도 불구하고 유신 시대의 포악한 강제, 군부 정권의 독재, 그래서 사상과 언론의 자유가 억압당하고 정서와 정신이 고통당해야 했다. 그 현실 속에서 글쓰기와 읽기,

생각과 상상, 표현과 출판의 자유를 위한, 자유를 향한 지적 용기는 당당했다. 작가와 저자 들은 한계 속에서나마 사상의 자유라는 헌법적 명분을 활용했고 네오마르크시즘의 출판을 통해 평등의 이념을 수용하며 이념과 정서의 유연성을 추구했다. 군부 독재 체제 속에서도, 그러니까 정신과 표현의 속살은 활달하게 움직거릴 수 있었고 그것이 1980년대의 억압 현실을 벗어나 1990년대 자유민주주의 정치 체제와 그 실제를 이루며 사상적·학문적 관용과 정서적 생동을 키웠고 세기가 바뀔 즈음 우리의 자유민주주의는 현실에서나 사유에서 활달한 개방 체제로 열어 나아갈 수 있었다.

우리의 글쓰기는 이 변화의 시절을 아주 현명하게 추진하고 또 수용했다. 금서의 탄압을 받으면서도 서가 밑 거래로 그 책들은 독자들 손으로 전달되었고 미국과 서구로 에둘러가며 현실 비판과 미래 지향의 대화를 풀어갈 수 있었다. 오늘의 출판의 자유, 그 실제가 되는 사상의 자유는 그런 노력 끝에 얻고 이룬 것이다. 우리는 격한 체제 혁명을 치르지 않고도 책과 문자의 자유를 확보해갔다. 그 과정은 돌아보면, 기특한 우리 민주화의 진전 모습으로 다가온다. 그러니까 20대 후반부터 시작된 내 글쓰기 생애는 이 난감한 시대적 전개 과정을 내장하고 있다. 신문기자 시절 익힌 검열 회피술로 출판사에서 원고들을 직접 교정보며 편집해온 덕에, 우리는 판금 조처를 피할 수 있었고 압수의 손실도 당하지 않았다. 신문기자로 익힌 글 수작으로 그 삼엄한 유신 시절에 마르크스에서 시작하는 정문길의 『소외론 연구』, 경제적 양극화를 부각하는 조세희의 '난장이' 연작들을 간행할 수 있었다.

이 자유로운 시대에 다급했던 억압의 시절을 회상하는 일은 즐겁다. 검열을 피하기 어려운 책을 내기 위해 찾아야 했던 기교가 필요 없는 시대가 된 이 평안함. 나는 중년 이후 그 평안을 즐길 수 있었고 그걸 만끽하며 내 글쓰기, 출판업을 마칠 수 있었다. 그 삼엄한 세상을 무사히 끝내게 된 것은 그래서 여간 큰 행운이 아니다. 그런 다행을 누릴 수 있었던 것은 뜻을 같이한 많은 친구들 덕분이었다. 그들을 중심으로 밀고 당기고 받쳐준 지식공동체를 이룸으로써 고통과 고난의 시절을 버티고 이겨낼 수 있었던 것이다.

요즘의 내 노년은 그 다급한 시절의 아슬한 과정들을 감상하는 일로 즐겁다. 굳이 회오나 겸손을 새삼 끌어들일 필요는 없겠다. 젊은 한때의 힘든 시절을 돌아보는 느긋함으로 세월과 변화를 음미하며 그 여유를 즐긴다. 이 『한겨레』 칼럼을 나는 그 연장선에서, 내 생애에서 느낀 그 편안한 긴장감, 자유로운 소곳함으로 써왔다. 그러기를 10년이 넘은 이제, 이 묵은 글발도, 이 낡은 생각과 분위기도 달라져야 할 것을 마침내, 당연히 깨닫는다. 그동안 내 수줍은 글을 만져 펴주신 『한겨레』 편집진과 숙맥 같은 글들을 읽어주신 독자들께, 이 글쓰기를 마치며 삼가 드리는 감사와 감회의 인사는 새로움을 향한 나의 소망과 기대를 품고 있다.

〔2024. 1. 12.〕

Ⅱ.

기록,
어제를 기억하다

문재인 시대, 새 대통령에게 바란다

마침내 '문재인 대통령'이 탄생했다. 반갑고 기쁘다. 국화꽃 피어날 때 시작된 촛불 정치가 새 정권의 장미꽃으로 개화하고 우리는 '나라다운 나라'에 대한 소망을 품으며 보다 고양된 민주주의로 국격(國格)이 오르고 있음을 보여주었다. 나는 환호하는 시민들 모습을 보며 감사했고, "아름답고 힘찬 대한민국이여, 축복받으라"는 내 안 깊숙이 솟는 축하의 인사를 드렸다. 우리 모두가 바라는 대로, 그리고 새 대통령이 약속한 대로 우리의 소망이 쉽사리 이루어질 리 없고 숱한 어려움과 실망을 견뎌내야 할 것은 분명하지만, 어느 날 문득 솟구쳐 오른 환희의 벅찬 소감은 우리 가슴과 머릿 속에 깊이 각인되어, 4·19와 6·10이 그랬던 것처럼 우리에게 활화산으로 다시 솟아 우리의 미래를 힘차게 꽃피울 힘이 되리라.

5월 9일 투표장으로 갈 때만 해도 내 마음은 어두웠다. 어쩌면 내 생전의 마지막 투표일지도 모른다는 것, 그래서 내 일이면 열아홉번째지만 나로서는 마지막 대통령일 수도 있는 인물에게 우리가 맡기고 기대하는 일이 역대의 누구보다 어려운 임무일 수 있다는 것 등등 비장한 생각들에 젖었던 것이다. 지금의 우리나라는 그 어느 때보다, 아마도 19세기 후반 개항기 못지않게 까다롭고 난감한 상황에 부닥쳐 있다. 주변 강대국들은 작은 한반도를 놓고 각축을 벌이고 있고 그 분단된 땅은 6·25전쟁 이후 가장 심각한 대결 상태에 놓여 있다. 내부적으로는 경제 문화가 선진 수준으로 진입했다지만 사회적·개인적 삶은 오히려 불행감이 심해져 갖가지 '포기' 현상을 일으키고, 우리 정치는 탄핵이란 가장 참담한 사태로써 민주주의의 선진화를 확인하려는 역설에 빠져 있던 참이었다.

그런데 13명의 후보로 태스크 포스를 만들어도 못 풀 상태에서 나는 단 한 사람에게 표를 주어야 했다. 그랬기에 새 대통령에게 먼저 드리고 싶은 당부는 그 여러 후보자, 그들을 통해 드러난 국민의 의지를 모으고 아껴 종합과 탕평의 정책과 인사에 써달라는 것이다. 안보로 안심시키려고, 미래 산업혁명을 대비하자고, 행복의 경제를 펴려고, 노동의 정당한 대가를 나누자고 호소한 여러 후보의 주장을 스스로 장담한 대로 균형과 포용의 '대통합'을 이루기를 바라는 것이다. 대통령은 여러 주장과 갈등을 중재하며 화해를 통해 가장 큰 성과를 거두는 통합의 구심이어야 한다. 그러자면 정치적·정책적 종합만이 아니라 링컨이나 오바마가 그랬듯, 인사의 탕평도 당연히 요구된다. 블랙리스트로 배제의 통치를 강제한 전임자가 좋은 반면교사다.

후보 시절에 강조한 '통합 대통령'이란 말을 내가 다시 음미한 것은 내적 탕평만이 아니라 국제 관계에서의 다면적 대응을 위해서였다. 지금 우리는 차라리 냉전시대였다면 대결하기 간명했을 국제 문제가 주변 강대국들의 이해관계로 더욱 까다로워진 사태에 직면해 있다. 진퇴가 난감한 이 상황을 벗어나기 위해, 예측이 어려운 미국을 진정시키고 극우로 달리는 일본을 만류하고 의구심으로 견제하는 중국에 믿음을 안겨주고 핵무기 개발에 진력하는 북한을 제어할 다면적인 정책과 다양한 인재가 필요하다. 친미파·지일파·친중파, 혹은 북한 전문가 모두를 활용하면서 마키아벨리적 지혜를 발휘할 대범함이 요청되는 이유다.

국민과 후보들이 하나같이 동조한 바람과 공약은 '일자리 창출'이었다. 그만큼 절실하면서 다양한 해법을 요구하는 이 과제에서 나는 무엇보다 앞서 청년 세대의 취업과 비정규직의 철폐를 선행돼야 할 과제로 꼽는다. 그것들은 '5포 세대'의 절망을 지우며 사회적 공의를 향한 지름길이다. 여기서 단순한 경제 수치의 상승이 아니고 소외 계층과 소수자 집단을 위한 질적 평등과 문화 복지, 내가 바라온 '인간의 얼굴'을 한 발전이 보일 것이다.

나는 문재인 후보의 마지막 선거 연설에서 정말 바라온 한 구절을 반갑게 맞았다. "겸손하되 당당하게." 겸손은 인간적 미덕이면서 공적 포용력을 가지며 당당함은 통치자로서의 자신감이자 내적 의연함을 품는다. 인권변호사 출신의 새 대통령은 그 품위와 격조를 지키며 정도(正道)와 소통을 통해, 겸손하되 당당한 태도를 지켜주리라 믿는다. 그래서 "희망과 새로운 신뢰"를 우리 모두 누릴 수 있기를 소망한다.

〔『동아일보』, 2017. 5. 11.〕

치수를 그리며

— 문학평론가 김치수 9주기에 부쳐

우리의 김치수가 문득 이 세상을 떠난 지 아홉 해가 되었습니다.

그처럼 산과 들을 아끼고 이웃들과 친구들을 좋아하며

누구보다 아내와 자식들, 손주들을 사랑하고 귀애하던 그가

어떤 바쁜 일이 있어 홀연히 저세상으로 성급하게 걸음했는지,

안타까울 뿐입니다.

그는 세상을 부지런히 살았지만 조급해하지 않았고

더불어 산 사람들을 아끼면서 바른길이 무엇인지 가르쳤
으며

친구들과 정을 나누며 세상 그릇됨에 조용한 본을 보여왔
습니다.

무엇보다, 누구보다, 그 자신의 몸과 마음을 가다듬고 쓰
다듬으며

친구들과 이 세상을 믿고 다듬고 이 못된 세상의 잘못들에
참으로 부드럽고 자상한 관용의 눈길로 감싸주었습니다.

그는 학문을 존경했고 지혜를 보듬었으며

교수의 직분에 보람을 거두고 친구와 제자들을 아꼈습니다

이 세계의 움직임에서 보이는 잘못을 꾸짖었지만

그 안에서 구차하게 살고 있는 뭇 인생살이에 다정하며

애정을 다해 그 삶들을 부드러운 눈길로 격려했습니다.

그가 못다 한 세상은 그동안 좀더 편하고 넉넉해졌을 듯합
니다.

그가 이 세상에 맡긴 아내와 두 아들 그리고 손주들 모두

이승의 삶을 따뜻하게 누리며 '김치수'란 뜻있는 이름을
기리고

그가 살았던 세상, 그가 미처 즐기지 못한 시간을 새삼스레 다지며

그의 소망에 어울리는 환한 웃음으로 삶과 정을 사랑하고 있습니다.

이 세상에서 먼저 간 그를 존경하는 친구들과 제자들을 북돋아

더 의미 깊은 생애를 누리도록 인도하고, 여기 남아 그의 유덕을 기리는

우리 친구들도 보살펴 당신과 같은 품위를 지키도록 여며주시기 바랍니다.

언젠가 우리 저세상에서 만날 때, 밝은 웃음으로 이승에서 못다 한 우정을 나눌 것입니다.

부디 그 세상 이르도록 세월들과 사람들을 건사해주소서.

문득 더더욱 보고 싶어지는구나, 그 두툼한 얼굴, 그 후덕한 웃음.

새삼 듣고 싶구나, 그 서슴없는 웃음소리, 그 믿음직한 말들.

그립다, 세상이 울울하고 서운할 때 네가 옆에 있으면

우리는 얼마나 힘이 나고 밝은 희망으로 힘차게 우리 이 삶을 껴안았을까.

우리는 얼마나 밝고 힘 있게 이 세월을 사랑하며 싸안았을까.

보구 싶구나, 듣고 싶구나. 치수야, 우리 김치수여.

2023년 10월

김병익 삼가

나의 현대사 보물: 『문학과지성』 창간호

— 이영관 기자의 인터뷰

지난 20일 경기도 고양시 일산동구 문학평론가 김병익 (85)의 집. 문을 열고 들어서자 종이 냄새가 코끝을 찔렀다. 허리 높이까지 쌓인 책 더미, 반듯하게 잘린 신문 기사…… 종이로 발 디딜 틈이 없었다. "집히는 대로 책을 읽어요. 최근엔『지구를 살린 위대한 판결』과『발견하는 즐거움』을 번갈아 보고 있습니다. 기억력이 안 좋아져 제목도 저자도 조금 지나면 잊어버리지만요." 기억이 희미해지기 전에 책 내용을 포스트잇에 적었다가, 컴퓨터로 문장을 옮기는 게 일과다.

김병익의 삶은 독자에서 시작해 독자로 돌아오는 과정이

었다. 4·19세대의 삶과 한국 문단사가 그 안에 있다. 『동아일보』5년 차 문화부 기자였던 1970년, 문학평론가 김현·김치수·김주연과 함께 계간지 『문학과지성』을 창간하며 '문지의 4K'로 불렸다. 『문학과지성』은 언론과 출판이 자유롭지 못했던 시기에 한국 지성의 상아탑 역할을 했다. 1974년 한국기자협회장을 맡으며 중앙정보부에 연행됐고, 이듬해 신문사에서 해직됐다. 1975년 4K와 함께 문학과지성사를 설립, 2000년까지 대표를 지낸 뒤 물러났다. 현재 '문학과지성사 고문'을 맡고 있지만 그의 명함엔 오직 이름뿐이다. "실제로 직함이 없습니다. 매일 과거를 추억하는 게 소일거리입니다. 낙은 아니고요."

김현, "우리 다음부턴 말 놓지"

평소 오래된 물건을 잘 신경 쓰지 않는 그이지만, 『문학과지성』 창간호만큼은 곧바로 찾아냈다. 3,000부 인쇄돼 희귀본으로 꼽히는 잡지다. "1970년에 김현이 제게 와서 순수 문학지를 내보자고 하더군요. 1960년대란 시대는 6·25전쟁,

5·16군사정변을 치르고 우리 사회가 어느 쪽으로 지향해야 할지를 고민하던 때였습니다. 지식인들의 현실 참여를 이끌었던『창작과비평』과 달리,『문학과지성』은 문학을 문학으로, 지식을 지식으로 다루는 순수파였죠."

김병익은 한글 문학비평 1세대를 대표하는 평론가 김현(1942~1990)과의 만남을 잊지 못한다.『동아일보』문학 담당 기자였던 1968년이었다. 첫 만남이 끝날 때쯤 네 살 아래인 김현이 말했다. "우리 다음부턴 말 놓지." 김병익은 그때를 회상하며 "며칠 후에 두번째로 만나니, 정말로 말을 놔서 놀랐다"고 했다. "다시 말 놓지 말자고 할 수도 없는 노릇이었죠. 도전 받듯 뜻밖이었고 못마땅하긴 했지만, 문단으로 따지면 저보다 선배였으니까요. 예의에 어긋난 행동을 한 건 아니지만 말만은 거리낌 없었죠. (김현은) 오생근·김종철 등 위아래 사람을 마구 흡인시키는 힘이 있었어요. 문학청년 재질에 머리가 뛰어나, 식민지 시대에 태어났으면 이상(李箱)이 아니었을까요." 김병익은 김현을 중심으로 1968년 결성된 동인 '68그룹'에 발을 들였고, 이 만남이 계간지『문학과지성』과 문학과지성사로 이어졌다.

1975년 12월에 세운 문학과지성사는 당대 지식인들의 공

141

론장이면서, 한국 문학·출판계의 안정화에 큰 기여를 했다. 최인훈의『광장』과 조세희의『난장이가 쏘아올린 작은 공』을 비롯해 한국인의 의식 형성에 영향을 미친 수작을 다수 발간했다. 문학과지성사 대표를 맡게 된 것에 대해 김병익은 "(4K 중에) 나이가 제일 많기도 했고, (해직돼) 자유직업인이었기 때문"이라고 했다. 해직 이후에도 출판사 창립에는 망설였지만, 김현의 권유가 컸다. "제 생애에 대해 좋게 말하면 김현 덕을 본 셈이고, 나쁘게 말하면 김현 때문에 망했다는 말을 할 수 있죠. 평생 문화부 기자 생활을 하고 싶었는데, 그 소망을 깨뜨리도록 이끈 게 김현이었으니까요."

"세상을 노닐며 천지를 곁눈질한다"

김병익의 집 거실 벽면 가운데에는 '소요일세지상(逍遙一世之上) 비예천지지간(睥睨天地之間)'이란 휘호가 걸려 있다. 세상을 노닐며 천지를 곁눈질한다는 뜻. 그가 존경하는 언론인 천관우(1925~1991)가 1975년『동아일보』해직 기자들의 생활비를 마련하는 바자회에서 선물해준 것이다. 천관우는 김병익이 기자협회장을 맡던 1974년 『동아일보』 주필이었다. 김병익은 "한국기자협회장 활동이 외부 활동이라는 이유로 해직됐다"며 "그래도 개인적 글쓰기를 통해 보상을 많이 받을 수 있었다. 제가 추구하던 언론자유, 사상의 자유, 지식 함양 등을 이후 글쓰기나 출판을 통해 추구할 수 있었다"고 했다.

　김병익은 전쟁·군부 독재를 비롯해 자유가 제한됐던 과거를 회상하며 "우리 세대는 참 다양한 시대를 살아왔다는 생각이 든다"고 했다. 그는 우리말로 공부하고 우리글로 읽고 쓴 최초의 세대인 '4·19세대'로 스스로를 인식한다. "일제 말과 해방 후의 혼란과 한국전쟁의 고통, 1960년대 근대화를 위한 억압, 1980년대까지 끊임없는 체제의 변란이 있었죠. 제게 가장 큰 영향을 미친 것은 대학교 4학년 때 일어난 4·19혁명입니다. 저는 시위엔 나간 적 없는 아주 소극적인 인물이었지만, 직업적으로는 언론인 혹은 문필가였고, 정치적으로는 자유민주주의자였습니다." 그가 2000년 문학과지성사 대표를 그만두고, 회사를 공동 운영의 주식회사 형태로 전환한 건 이런 시대 흐름 때문. "21세기는 내가 감당할 수 없는 일, 혹은 참여할 수 없는 시대라는 생각이 들었어요. 우리 사회가 민주화되니 제 역할이 다했다 생각했죠."

"이제는 과학책 위주로 독서를 한다"

김병익의 작업실엔 50년 지기 정현종 시인이 자신의 시 「시간의 그늘」을 적어서 2015년 선물한 액자가 있다. '김병익 형의 압력에 따라 2015년 歲暮(세모)에 쓰다'라고 시 말미에 써 있듯 문인들의 흔적이 가득한 방에서 책과 교류하며 세상을 바라보는 일이 계속되고 있다. 문학·인문학 등의 독서에서 이젠 과학책 위주의 독서를 한다는 점이 달라졌다. "사회적·정치적 현실과 달리, 과학 세계는 진리 자체를 탐구하는 거니까요. 이 늙은 나이에는 보다 선명하고, 추리 소설을 보는 것 같은 긴장도 느끼게 하는 과학책을 집게 됩니다."

지금까지 낸 비평집, 산문집 등 저서가 30여 권, 번역서도 10권이 넘는다. 지난 10월엔 그간 발표했던 글을 묶어 『기억의 양식들』(문학과지성사, 2023)을 냈다. 문학평론가로 데뷔했던 1967년 『사상계』에 발표한 글인 「문단의 세대연대론」을 처음으로 책에 묶었다. '세대교체론'이 아닌 세대 간의 대화를 강조한 내용. "책을 여러 번 내면서 제외했지만, 그동안 빠뜨린 원고들을 다 모아서 넣고 있어요. 세상을 보는 눈이 현명하지 않았던 느낌이 들지만, 제 모자랐던 것까지 다 드러내야 전모가 다 나오니까요."

책과의 끈질긴 인연에 대해선 이렇게 썼다. "책이란, 그리고 그 책 읽기란, '인생'이란 진지한 존재와의 관계 속에서 그것의 존재론적 무화(無化)를 깨닫게 하는 것일지도 모른다. 독자→기자→편집자→저자→역자→발행인, 다시 독자로의 귀환이란 끈질긴 인연에도 불구하고, 나는 충만했던 것도 아니지만 공허를 벗어난 것도 아니었다. 〔……〕 책과의 미진한 인연은 내게 삶을 덧없이 얽는 장식일지도 모른다."

〔『조선일보』, 2023. 12. 26.〕

나의 첫 책, 『한국 문단사』

─ 유신 시대, 서러운 글쓰기

『한겨레』 문학 담당 기자의 청으로 여는 이 글은 여든 넘어의 그 손떨림처럼 반세기 전의 수선스러운 시절을 향한 회상으로 어깃장 놓는 내 마음을 다독거리며 젊은 시절의 안타까움을 되찾아가게 한다. 우리 경제 발전과 정치적 민주화의 출발이란 훗날의 평가와는 달리 억압의 만연과 독재의 횡포 속에 '남산'이란 공포와 '고문'이란 독성을 염두에서 떨칠 수 없는 음산한 분위기 속에서 내 첫 책이 될 『한국 문단사』(초판: 일지사,1973. 재판: 문학과지성사, 2001)가 씌어지고 있었던 것이다. 예술과 사상의 자유로움, 글쓰기와 글쟁이들의 어울림, 그것들을 즐기고 누리는 정서적 활달함에 나는 척을 지는 듯해 있었다.

'문단(文壇)'이란, 작가들과 그들이 어울려 한바탕 판을 벌이는 도떼기시장 같은 무질서와 난잡이 자유로움과 발랄함이란 판세를 품은 놀이터를 연상시킨다. 유신이 선포되고 훗날의 경제사적 평가와는 달리 당시의 정치와 그 현실을 전해야 할 언론이 피할 수 없이 젖어야 할 공포스러운 실제는 느닷없는 억압과 그 현장 보고의 두려움이었다. '물가 인상'을 '가격 현실화'라고 호도하고 남산의 고문이란 공포를 암시라도 해야 할 '기자'의 내면을 어떻게 고백해야 할까. 나의 『한국 문단사』는 이런 '유신'의 억압감 속에서 씌어졌다. 한국 근대문학의 단초부터 시작하는 이 저작은 자유와 탄압, 그 공포와 보신의 승강이 속에서 이루어진 것이다.

되돌아보는 50년 전의 유신 시절 일들과 그것을 치러내야 했던 과정을 삭임질하는 노경(老境)의 내 의식 사이에는 여러 두런거림이 있다. 그 공포 덕분에 오늘의 우리가 거리낌 없이 누리는 자유사회가 가능했다고 자부해야 할까, 그 횡포 속에 이제의 당당한 민주화가 성취되었다고 옹호해야 할까, 그 제약 아래 현대의 자유민주주의 체제가 성취되었다고 자위해야 할까. 우리가 열망하는 자유민주주의 체제는 꼭 그런 탄압과 통제하에서 이루어져야 하는 것일까. 그 답답함에 프랑스혁명이 이념으로 내세운 그 자유와 이 민주주의 체제가, 숱한 신고를 겪은 끝에 한 세기 넘어서야 현실화되었다는 역사를 음미하지 않을 수 없었다. 그래, 자유는 신음 속에서 영글어지는 것이고 민주주의는 그 타작 아래 거두어지는 것이리라.

내가 '신문'으로써 지금 일어나는 일들을 듣고 보고 알리는 일보다 지난 일들을 돌이켜보고 다행한 일들을 적어 내려가는, 문단의 '역사'라는 과거의 일지를 쓰게 된 것은 그래도 다행이었다. 나는 일제강점기 시절을 이야기하면서 1970년대의 강요된 근대화 시대를 염두에 두었고, 가난에 절었던 식민사회의 지식인을 묘사하면서 유신 치하의 작가들이 겪던 남산의 공포를 연상했다. 내 어설픈 '문단 반세기'는 이렇게 50년 전의 정황 속에서 씌어졌고 좀더 그럴듯한 제목으로 바꾼 '한국 문단사'는 이렇게 상재되었다. 한국문학 50년의 야사적 기록이 '유신'의 풍성한 이미지로 옮겨 가던 일은 그런 내면의 움직임 속에서 이루어진 것이다.

그럼에도 나는, 대학에서 전공하지 못한 우리 문학의 그 역사를 공부할 수 있었고 1960~70년대의 지식과 의식의 한계를 그 식민 시대의 문학적 상상력이 보인 자유를 향한 열망과 창조에의 집념으로 신문 독자들에게 전해드릴 수 있었다. 그것은 젊어 소심한 기자로서의 내게 반가운 탈출구였고 앞날이 창창한 문학소년 시절을 겪은 정치학도의 자유를 향한 열망의 표출구였다.

이제 나 스스로에게도 잊혀가는, 그래서 다시 펼쳐보는 면면에서 나는 식민 시대와 유신 시대를 겹쳐 찾아내는 내 노년의, "그래도 참 애썼다"고 내 젊은 날을 자위하는 회상의 자락이 되고 있다. 나이가 안기는 안쓰러움을 위로하는 그 회고의 기회에 그 감상의 내역을 만들던 옛적의 나 자신이 우선 고맙다. 세상은 밝고 세월은 자유로움을 향하고 있음을 다시 깨닫는다.

그리고 다음 책들

• 『지성과 반지성』(민음사, 1974)

박정희 정권이 한창이던 시절 그 독재와 자유 억압에 고민하며 쓴 글들의 모음이다. 그 까다로운 시절, 어찌 그런 글이 발표될 수 있는지 신기할 정도이지만 억압과 고통을 식민 시대로 빗대어 씀으로써 검열의 어려움을 넘기고 출판될 수 있었지만 발간 3년 후인가 드디어 들통이 나 판금되었다. 유신 시절에 피할 수 없었던, 그러나 드러내야만 했던 지식사회의 현실의 모습과 그 괴로움을 고백하고 있다.

• 『상황과 상상력』(문학과지성사, 1979)

『현대 한국문학의 이론』(공저), 『한국문학의 의식』에 이은 것으로 이후의 이른바 열서너 권의 문학평론집들의 앞잡이이다. 분단 시대의 문학인으로서 한국의 현실과 당대의 역사를 고민하며 문학이 그 안에서 무엇을 할 수 있는가, 어떻게 해왔는가를 탐색하고 있다. 세계와 한국, 역사와 현실, 현상과 언어를 비롯한 나름의 인식과 사유를 고백하고 반추하며. 우리 문학의 실제에 대한 젊은 고민이 스며 있다.

• 『페루에는 페루 사람들이 산다』(문학과지성사, 1997)

고대 문명의 마추픽추와 페루 여행에서 받은 감동, 자연 그대로의 아프리카와 그 설움을 느끼며 드러낸 글 등 내 잦지 않은 여행의 소감을 모았다. 내게는 낯선 그 모습들은 그

럼에도 내 속의 또 다른 세계로 내 마음을 움직거렸고 좋은
내 집의 울타리 너머의 세상을 보고 느끼게 한다. 그래, 세상
은 넓으면서 제각기 품을 품는다. 여행이란 세계의 확장이
고 내면 의식의 외출임을 확인한다.

• 『글 뒤에 숨은 글』(문학동네, 2004)

자서전 대신, 그러나 내 글쓰기의 직분에 대한 의식의 성
장을 기록하고 있다. '생각 뒤에 숨은 생각' '말 뒤에 숨은
말' '책 뒤에 숨은 책'으로, 문필로 보낸 초라한 한 생애의 이
력이 여기서 드러나는데, 덧붙이자면, 그래서 가난할 수밖
에 없는 내 생애에 대해 나는 부끄러움도 아쉬움도 없음을
밝히고 싶어 하고 있다. 그것은 자부도, 아쉬움도 없는 담담
한 소회의 잇달음이어서 나는 달리 자서전이나 회고록을 피
해 이 짧고 소박한 글로 대신하곤 한다.

〔『한겨레』, 2024. 1. 20.〕

"난 하찮은 글쟁이……"
― 김성후 기자의 인터뷰

인터뷰 장소인 3호선 정발산역 근처 카페에 들어서서 서성대다 알바생에게 물었다. "매일 오후에 들러 커피 마시는 노신사분을 뵙기로 했는데…… 주로 어디에 앉으세요?" 익히 안다는 표정을 지으며 그가 답했다. "아, 에스프레소 드시는 분요~ 저쪽이요." 그렇게 물었던 이유는 문학평론가 김병익 선생이 매일 오후에 혼자 커피를 마시며 회상에 젖는 자리에서 감히 그 기분을 느끼고 싶었기 때문이다. 가방에서 인터뷰 자료를 주섬주섬 꺼내놓고 창문 밖 풍경을 보려는데 선생이 환하게 오셨다.

김병익 선생은 글쓰기로 한평생을 살아왔다. 기자가 돼서 기사를 쓰고 평론가란 이름으로 문학을 비평하고 출판사 편집자로 일하며 생애 전체에 걸쳐 글과 글 사이를 찾아다녔다. 선생은 스스로를 '하찮은 글쟁이'라고 불렀지만, "세상을 글로 개찰하며 사람과 삶, 세계와 세상의 움직임들에 말거리를 이어왔다". 생애 동안 식민과 분단, 전쟁과 혁명, 빈곤과 혼란의 시대를 거쳐 민주화로 이어지는 한국 현대사의 대전환을 목격했으며, 늘 기자적 관점에서 세상을 관찰하고 사유하며 기록해온 지식인이다.

그는 유신 독재 시절인 1974년 10월 자유언론실천운동이 언론계로 번질 때 기자협회장을 역임했으며 계간『문학과지성』동인으로 참여했고 1975년 12월 문학과지성사를 창립해 25년 동안 대표로 재직하다 2000년 퇴임한 뒤 상임고문으로 있다. 비평집과 산문집, 번역서 등 40권이 넘는 책을 펴냈고, 2013년 3월부터 10년째『한겨레』에 두 달에 한 번, 15매 분량의 '김병익 칼럼'을 연재하며 "이편의 한계를 벗어나 '저편'의 의식을 열어보려"는 글쓰기를 계속하고 있다. 7월 25일 에스프레소 트리플 샷을 주문한 선생과 마주 앉았다.

많은 분들한테 빚진 나의 삶

여기서 커피 마시는 게 "내 노후의 조용한 사치"라고 하셨어요.

"매일 점심 후에 여기 와서 한 시간 정도 앉아 회상에 젖는 거죠. 덧없는 시간들, 이제 앞날은 얼마 없고 지난날만 잔뜩 쌓여 있으니까. 여기 앉아 광장이며 거리를 내다보는 것이 하루의 낙이고 그렇게 되니까 참 단순해지고, 좋아지고 그래요. 거리를 오가는 사람들에게서 옛날 내가 아는 누구를 떠올리고, 노후를 이렇게 보낼 수 있어 다행스럽기도 하고, 많은 분들한테 빚지고 살았어요."

책은 꾸준히 보고 계시죠?

"보긴 보는데 읽으면 바로 잊어버려요. 시간을 좀 덜 허망하게 보내려고 책을 보기 때문에 기억을 한다든가 또는 그 책에 의거하여 실천한다든가 그러지 못하고요. 그냥 읽고 시간을 보내는 거죠."

신간, 특히 과학기술 관련 책들을 많이 보시죠?

"젊었을 때는 문학, 인문학, 역사책을 읽었는데 요즘은 전

154

기나 과학사를 주로 읽어요. 정치나 현대 문화나 문명에 관한 책은 사건에 대한 추적이 많지만, 과학사나 전기는 사실에 대한 추구가 많으니까요. 좀더 뭐랄까, 믿을 수 있다고 그럴까요. 사람들 이야기는 그냥 그 사람 자체를 보는 거니까. 사유나 평가나 그런 걸 열어놓는다고 그럴까요. 자유롭게, 편하게 읽는 거죠.(웃음) 그런데 아까 여기 나오기 전에 질문지를 봤어요. 젊었을 때 글까지 찾아보고 저에 대해 많이 조사해서 깜짝 놀라 제 못난 정체를 다 들켰구나 생각했어요." (웃음)

인터뷰 준비를 하면서 선생님의 삶이 해변이라면 제 질문은 모래 한 톨이라고 생각했습니다.

"문득 천관우 선생님이 생각나데요. 아시죠? 질문지에 '존경하는 분이 누구냐'고 있던데, 문단에선 황순원 선생님이고 언론계에선 천관우 선생님이에요. 제가 동아일보에 입사할 때 편집국장 하시다가 견습기자에서 정기자가 될 때 주필이셨죠. 천 선생은 당대 언론계 거물로서 사표로 삼을 만한 분이었어요. 불의나 독재의 억압에 대해 목소리를 내셨고, 안목도 높으셨고, 뛰어난 사학자셨죠. 1990년대 초에 작고하셨는데, 민주화 혹은 전자화하는 세상을 누리지 못하고 가셨어요. 위화감이랄까요. 두려움, 감히 범접할 수 없는 그런 게 느껴지는 분인데, 어려운 시절에 그분답게 사신 거죠. 생각이 문득 나고 그분이 저한테 써준 글이 하나 있어요. 거실에 걸어놓고 있는데 갑자기 생각이 안 나네요."

소요일세지상, 그거 아닌가요?

"네, 맞아요. '소요일세지상(逍遙一世之上) 비예천지지간(睥睨天地之間).' 이 세상을 소요하면서 천지를 비예한다. '비예(睥睨)'는 어려운 한자죠. 그래서 저도 여쭤보고 사전도 찾아봤는데, 이렇게 넌지시 내려다보는 그런 태도. 내려본다는 게 동정하면서 이해하고 받아들이는 그런 태도죠."

그 친필은 1975년 6월 동아자유언론수호투쟁위원회(동아투위) 활동 경비를 돕기 위해 마련한 바자회에 글씨를 청하러 간 그에게 천관우 선생이 여벌로 준 선물이었다.

문학에 본격적인 관심을 가진 게 친구인 황동규 시인 때문이라고 알고 있습니다.

"황동규는 고등학교 시절부터 시로 유명한 문학소년이었고, 저는 시골 고등학교 우등생 정도 수준이었어요.(웃음) 대학(1957년 서울대 정치학과 입학)에 들어가서 황동규를 보게 됐고, 그가 1학년 늦가을에 시단으로 데뷔했을 때 충격이었죠. 시인이란 존재는 실제로 어떤 사람인가가 궁금하다고 할까. 친구에게 황동규를 소개해달라고 부탁해서 만났어요. 황동규가 그때 참 격의가 없고 열려 있었어요. 스스럼없이 나를 친구로 대해주더군요. 황동규 집에 놀러도 가고 여행도 같이 다니며 자주 어울렸죠. 그 우정이 지금까지 계속되고 나도 문단에 참여해서 명색이 문학비평가라는 이름으로 비평 활동을 하면서 이런저런 문인들을 많이 사귀게 되었죠."

기자로 일하며 『문학과지성』 편집 동인 활동

이른바 '문지 4K'(김병익·김현·김치수·김주연)를 주축으로 계간지 『문학과지성』을 창간하셨죠?

"1970년 7월 초 서울에서 국제 펜(pen) 대회가 열릴 때였어요. 젊은 비평가 김현이 찾아와 계간지를 내자고 제안했어요.『동아일보』문화부 기자를 하면서 김현을 사귀었는데, 저보다 3학년 아래였어요. 김현은 문학적인 센스가 있을 뿐만 아니라 문단이나 문학 활동에 대해서도 대단한 야심을 가지고 있었어요. 김현은 문학 계간지를 생각했고, 저는 교양지, 언론매체 쪽으로 생각했거든요. 생각이 조금 다르지만 서로 조정해나갈 수 있겠고 그래서 계간지 간행에 동의했죠. 원고료 등 잡지 경비는 중·고등학교 동창인 황인철(1940~1993) 변호사가 냈고, 나와 김현(1940~1993), 김치수(1940~2014)는 기획과 편집을 하고(1971년 유학에서 돌아온 김주연 영입) 잡지 간행은 일조각에서 했어요."

동인들은 처음에 잡지 제호를 '현대비평'으로 하고 문공부에 잡지 등록을 신청했다. 하지만 비판, 비평이란 단어를 싫어한 문공부가 제호 수정을 요구해왔다. 김현이 문득 "그럼 '문학과지성'은 어때?"라고 제안했고 동인들은 동의했다. 그렇게『문학과지성』창간호는 1970년 9월 첫선을 보였다. 당시 김병익은『동아일보』문화부 기자 5년 차였다.

기자가 아닌 다른 길을 갈 수도 있었는데 왜 기자를 하셨어요?

"제가 대학을 졸업할 때는 그 분야 출신만 입사 원서를 낼 수 있었어요. 은행에 취업하려면 상대를 나온다든가 하는 식이었죠. 정치학과 졸업생이 원서를 낼 수 있는 곳은 언론 사가 유일했어요. 제대 말년에 원서를 냈는데, 한국일보, 조선일보 시험을 봤다가 떨어졌어요.(웃음) 세번째 치른 데가 동아일보였죠. 신문사에는 들어갔지만 언론 등에 대해 무지 했어요. 동아일보가 역사가 오래됐고, 영향력이 크다는 걸 몰랐거든요. 동아일보에 들어간 것이 참 행운이었죠."

주로 문화부에서 일하셨네요?

"견습 마치고 처음엔 외신부 기자로 발령이 났어요. 며칠 안 돼 문화부로 발령받아 10년 동안 일했죠. 바로 위가 5~6년 차 선배라 웬만한 기삿거리는 제가 취재했어요. 담당자가 없 던 문학, 학술, 출판 쪽을 맡았어요. 그때 문화면은 외부 기고 가 대부분이었고, 기사는 행사 소개하는 정도였어요. 저는 취재해서 기사를 썼죠. 새로운 도서 기획이나 출판계 동향 을 포착해서 기사화하거나 창작의 새로운 경향을 추적하고 작가들의 작품 성과를 논평 보도하는 연재 기사를 열심히 썼 어요. 아마 그건 보이지 않는 큰 기여였을 거예요. 근년에 생각하니까 제법 일을 했다 싶네요."

지금의 문화부 기자 영역을 개척하신 거네요.

"학술이든 문학이든 동향과 흐름, 현상과 의미 부여, 그런 것들을 기사로 쓴 거죠. 소문으로는 남산의 중앙정보부에서 다른 신문 문화면은 그냥 넘어가는데 『동아일보』 문화면은 제목이라도 본다고 했어요. 제가 정부를 비판하는 기사를 기술적으로 썼거든요. 정부를 비판한 기사가 분명하지만 꼬투리가 안 잡히도록 문장을 만들었어요. 검열을 피하는 방법이랄까요. 제게는 검열 수위를 피할 수 있는 테크닉이 발달해 있었던 거죠."

김병익의 책 『지성과 반지성』(1974) 서평에서 최정호 교수는 문화부 기자 김병익을 이렇게 평했다. "기자로서의 김병익은 한국 신문의 문화면에 새 기원을 그었다. 종래의 우리나라 신문 문화면이 문화인이나 문화 행사 또는 문화인들의 투고의 '사회자' 구실에 안주하고 있을 때 김병익은 문단, 학계를 스스로 '취재'하여 '보도'하고 나섰다. 그는 문화면의 '편집자'가 아니라 문화면의 '사건 기자'로서 선편을 친

것이다."

회사 만류 거부하고 기자협회장 출마

1974년 10월 제12대 한국기자협회장에 선출됐습니다.

"당시 기자협회장이 내무부 대변인으로 내정됐다는 소문
이 돌아 회원들의 반발이 커지자 그만뒀어요. 주요 신문사
기자들의 소장파 핵심 세력들이 기자협회를 제대로 만들어
보자고 합의한 모양이었어요. 동아일보 후배인 이부영 씨
가 저를 찾아와 기자협회장에 나서줄 수 없겠느냐고 부탁했
어요. 그때 저는 기자협회의 성격과 구성을 잘 모르고 있었
어요. 그러나 언론 탄압에 대한 저항의 열기가 대단했기 때
문에 거절할 수 없을뿐더러 도움을 줘야 한다는 생각을 갖
고 있었어요. 그래서 기자협회장 출마에 동의했죠. 그런데
회사에서 회장 출마를 포기하라고 하더군요. 저는 후배들과
약속도 했고 기자가 기자협회장을 할 수 없다는 게 이상한
일 아니냐며 만류를 거절했어요. 그랬더니 사규 위반으로
무기정직 처분을 내리더군요."

김병익은 1974년 10월 19일 열린 기자협회 운영위에서 제12대 기자협회장에 만장일치로 선출됐다. 그는 취임사를 통해 기자협회가 개인적 야심이나 사적 이득을 위해 악용되어선 안 되며 또 정치단체화하거나 경제적 예속물이 되어서도 안 된다는 점을 분명히 하고 "우리는 捨石(사석)이며 이 버림돌이 쌓여질 때 버림돌이 든든하고 높이 쌓여지리라는 것을 분명히 알고 있다"고 밝혔다.

　　회장으로 재직하던 6개월 사이 미증유의 일들이 일어났다. 1974년 10월 24일 동아일보 기자들의 '자유언론실천선언'을 시작으로 언론자유를 지키려는 움직임이 전국 언론사로 번졌고, 동아일보 광고 중단 사태를 거쳐 이듬해 3월 동아일보와 조선일보 기자들의 대량 해직 사태가 일어났다. 조선일보가 기자 5명을 파면한 사태의 실상을 알린 증면호 발행을 이유로 『기자협회보』는 폐간당했다.

　　12·13대 회장을 역임했지만 재임 기간은 6개월(1974년 10월 12대 회장 당선, 1975년 3월 13대 회장 재선, 4월 29일 사퇴)에 불과했습니다.

"언론에 대한 억압이나 핍박이 가장 심했던 시절이었고 기자협회는 그에 정면으로 대항했죠. 기자협회 60년 역사 중에서 가장 치열했던 시대가 아니었던가 싶습니다. 언론자유를 위해서 어떤 태도를 취하고 무엇을 해야 할 것인지 본보기를 보여줬다는 생각이 듭니다. 언론자유를 위해 치열하게 대결했던 그 국면에 제가 기자협회장을 한 거죠. 그렇다고 제 자신을 높이려는 건 전혀 없습니다. 그 시절이 그랬었죠."

남산(중앙정보부)으로 연행돼 5박 6일 조사를 받으셨죠?

"(1975년 4월 24일) 아침 8시쯤 됐는데, 누가 왔다고 해서 나가보니까 남산에서 왔더군요."

기자협회가 국제신문인협회(IPI)에 발송한 언론 탄압에 관한 특별보고서와 국제기자연맹(IFJ)에 보낼 예정이던 보고서가 문제였다고요?

"국제기구에 언론계 상황을 알리는 기자협회 보고서가 광화문 우체국에서 기관원한테 발각됐어요. 그것을 빌미로 중앙정보부는 기자협회 회장단을 남산으로 연행했죠. 조사는 첫날 하룻밤만 받고 끝났어요. 그 후론 결정이 나기를 기다

렸죠. 연행은 했는데 잡아넣을 거리가 마땅하지 않았나 싶
어요."

고문 같은 건 없었습니까?

"구타나 이런 건 없었어요. 그쪽에서 어떻게 할 건가 결정
이 나기를 기다리며 시간을 보냈어요. 지금도 기억이 납니
다만 남산 양옥집이었는데, 마당이 넓어서 차들이 왔다 갔
다 하는 게 보였어요. 잠은 사무실 책상에서 자고 바둑도 두
고 커피도 마셨죠. 그런데 며칠이 흘러도 풀릴 것 같지 않더
군요. 그래서 사퇴 의사를 표명했어요. 이 상태를 계속 끌고
갈 수는 없으니까 우리가 결단을 내릴 수밖에 없었어요. 중
정 사람들도 우리가 그만두면 해소되겠다고 생각을 했던 것
같아요. 그렇게 풀려났어요."

당시 중앙정보부는 회장단에게 "국가모독죄를 적용, 구속
하겠다"고 협박하며 전원 사퇴를 종용했다(『한국기자협회
30년사』).

사퇴 성명서를 보면 "우리는 IPI와 IFJ에 보낸 현 언론 사태에

관한 보고서의 내용이 잘못되었음을 인지했으며 이로 인해 우리가 아끼고 사랑하는 기자협회의 활동에 커다란 상처를 입혔으므로 그 책임을 지고 물러나는 것"이라고 밝혔습니다.

"우리가 잘못했다는 말을 넣어야 할 거 아니에요. 그래서 성명서에 그런 표현을 넣었던 게 아닌가 싶어요. 우리가 뭔가 잘못해서 물러난다고 할 수밖에 없었죠."

김병익을 비롯해 연행됐던 백기범·홍사덕·구월환·정추회 등 기자협회 회장단은 4월 28일 사퇴를 조건으로 풀려났고 다음 날 전원 사퇴했다. 『기자협회보』 폐간에 이어 언론자유 실천 의지가 강했던 회장단이 사퇴함에 따라 기자협회는 1974년 가을 새 모습으로 출발한 지 반년 만에 사실상 활동을 중단했다. 그는 "언론에 대한 억압이 가혹했던 유신시절이었지만 결과적으로 제가 사퇴하면서 기자협회 10년 역사에 처참한 결과를 가져왔다. 제가 모자라서 그렇게 된 것 같아 부끄럽고 죄송하다"고 자책했다.

동아일보에서도 해직되셨죠?
"기자협회장을 사직했고 무기정직 상태라서 동아일보에

나갈 수도 없었어요. 사회인이 된 지 10년 만에 처음으로, 공부하기 싫어하는 학생이 방학을 맞는 기분으로 지냈어요. 몇 달의 실업 생활을 하며 번역하고 『문학과지성』편집 일도 하면서 지냈죠. 그러다 10월에 동아일보에서 해직통보서를 받았어요."

7평짜리 공동 사무실에서 '문학과지성사' 시작

언론사를 떠난 것이 1975년 12월 '문학과지성사' 창사로 이어진 거군요.

"그해 여름 고등학교 야구대회 구경을 갔어요. 야구 구경을 하고 나와 저녁을 먹는 참인데, 김현이 진지하게 출판사를 내자고 제안하더군요. 일조각에서 출판하던 계간지 『문학과지성』을 우리 이름으로 발행해야 한다는 게 첫째 이유였고, 또 하나는 정치적인 이유 등으로 나와 같은 해직자가 또 나올 수 있는 상황이므로 출판사라도 만들면 기댈 언덕이 있지 않겠느냐는 것이었다. 권유와 격려, 강요 속에서 제가 꼼짝없이 맡을 수밖에 없었어요. 청진동 해장국 건물 2층

한약방 한쪽 7평 공간을 열화당 출판사 이기웅 씨와 공동으로 사용했어요. 나하고 이기웅 씨, 직원 책상 세 개 놓고 시작했죠."

'문학과지성사'는 1976년 1월 중·하순 첫 책으로 홍성원 단편집 『주말여행』과 조해일 장편소설 『겨울여자』를 간행했다. 최인훈의 『광장/구운몽』에 이어 이청준의 『당신들의 천국』, 조세희 연작집 『난장이가 쏘아올린 작은 공』 등이 잇따라 나왔고, 황동규의 『나는 바퀴를 보면 굴리고 싶어진다』를 첫 권으로 '문학과지성 시인선' 간행이 이어졌다. 김병익은 25년 동안 대표로 재직하며 1,165종의 책을 간행했다. 1994년 문학과지성사를 주식회사로 개편했고 2000년 3월 "새로운 세기에는 새로운 사람들이 '문학과지성'의 정신과 전통을 살려나가야 한다"며 물러났다.

2000년 3월 대표이사를 후배에게 맡기고 상임고문으로 물러났습니다.

"문학과지성사가 제법 유서 있는 출판사로 성장하면서 할 일은 다했다고 판단했죠. 자식들한테 물려줄 생각도 없었어요. 자식들도 자기들 공부하고 대학에 나가고 그러니까 문지를 맡을 생각도 하지 않았죠. 그래서 쉽게 훌훌 털고 나올 수 있었어요. 나중엔 내가 보유한 지분도 걸림돌이 될 것 같아 모두 후배들에게 넘겨줬어요. 집사람이 창업주가 주식을 물려주지 않고 포기한 사람은 유한양행 사주하고 나하고 둘뿐이라고 하더군요."

김병익은 『글 뒤에 숨은 글』(2004)에서 동인들의 합자로 창사한 문학과지성사를 주식회사 체제로 바꾸는 과정을 밝히며 이렇게 썼다. "내가 동인들에게 평소부터 말해오며 동의를 받아온 것은 이 문학과지성사는 어느 시기에 이르면 개인에서 개인이 아니라 세대에서 세대로 승계시켜야 한다는 것이었다. 이 출판사의 출발이 동인들의 합자에서 비롯된 것이었고 그를 통해 돈을 벌기보다는 '문학과지성'이라는 아름다운 '문학공동체'를 만드는 것을 꿈으로 삼았고, 그래서 상속이나 이전이 아니라 승계라는 형식으로 그것의 수명을 영구화해야 할 것이다."

책들 속에서, 글과 함께 살다

수많은 책을 펴냈는데, 첫 책이 조지 오웰의 『1984』를 번역한 책이더군요.

"1968년쯤이었는데, 미국 비평가 어빙 하우의 글을 보면서 거기에 언급된 오웰의 『1984』를 번역하고 싶었어요. 당시만 해도 박정희 권력이 지배하던 시절이었고, 오웰의 악몽적인 세계로 들어갈 수 있으리라는 위험이 지식인 사회에 숨어 있었거든요. 사실 좀 두렵기는 했습니다."

선생님은 책들 속에서 평생 글과 함께 살아오셨어요.

"기자 생활, 편집자 생활, 발행인 시절, 이게 전부 글과 얽혀 있죠. 제 생애도 10년도 못 가고 몇 년 후면 끝이 나겠지만 나름으로 평온하면서도 치열하고 긴장되게 살았다고 그럴까요. 사회적으로 늘 저 자신이 기자라고 생각해요. 문학비평이든 에세이를 쓰든 기자의 연장선으로 생각이 됩니다. 사회생활도 기자 생활처럼 현장의 바깥에서 관찰하고 평가하기를 버릇해왔어요."

『한겨레』에 칼럼을 쓰고 계시죠?

"「2013년에 만나는 빅 브라더」로 운을 뗀 글쓰기가 10년이 넘었어요. 지난봄에 그만두겠다고 했더니만 좀더 써달라고 해요. 나도 정신적으로 지탱하려면 글을 써야 해서 내년 초까지 쓸까 싶어요."

지난 10년의 거대한 문명사적 움직임을 챗GPT와 같은 '인공지능'으로 보고 계시더군요. "언어-문자에 이어 세번째 인류사적 비약이 이뤄지고 있다"고 하셨어요.

"지난 일요일에 쓰려다가 미뤄둔 게 다빈치하고 미켈란젤로 얘기예요. 왜 그렇게 생각이 돌아갔는지 잘은 모르겠는데, 인공지능이 말을 하기 시작했다는 뉴스가 나왔죠. 내가 보기에 인류사회가 새로운 단계로 비약하는 것 아닌가. 호모가 말을 만들어 사용함으로써 사피엔스가 됐거든요. 그 말이 처음에는 타인과의 소통, 기억을 보존하려는 기억술로서의 말이었다가 나중에 말 자체가 탐구 대상이 됐어요. 5천년 전 문자를 만들어 기록하고 전달하면서 두번째 비약이 된 것인데, 기계가 말을 한다는 거는 또 한 단계의 세계로 진입하는 게 아닌가. 그래서 이 시기를 참 중요하게 보고 있어요.

1450년대 구텐베르크 인쇄기 발명으로 인간의 지적 지평이 확 넓어지면서 책의 시대가 세계를 지배하는 문화가 됐어요. 이제 그것이 한 단계 더 올라가고 있거든요. 저는 기계가 말하는 세계가 반드시 행복하다든가 좋아질 거라고 낙관을 하진 않아요. 그렇지만 기왕의 그 인지적 기술 발전으로 앞으로 세계가 엄청나게 변할 거란 예상은 들고, 전혀 또 다른 세계가 되겠죠. 그 세계가 어떤 형태로 올지, 인간 의식의 지평에 어떤 확대가 이루어질지 예측할 수 없지만 획기적 변화를 맞는 것은 분명하죠. 제가 겪지 않는 게 아쉽지만 겪지 않아 다행이다 싶어요." (웃음)

김병익은 『한겨레』에 연재한 칼럼을 묶어 두 권의 책으로 엮었다. 『시선의 저편』(2016)과 『생각의 저편』(2021)이다. 책 끝엔 각각 70여 권, 60여 권의 책 목록이 있다. 글쓰기의 바탕이 된 사유의 자양분들이다.

책 제목에 들어간 '저편'이 남다르게 다가왔습니다.
"문학과지성사가 마포구 신수동 출판 단지에 있었어요. 거기 마당이 꽤 넓었습니다. 문득 담장을 보는데, 우리 의식이라는 게 여기에 갇혀 있지만, 저편을 내다봐야 하지 않을까. 상대를 바라봐야 하지 않을까. 그런 생각이 들어 '저편'이란 단어를 떠올렸죠. 2021년 3월 이후에 실린 글을 모아 책을 내면 '존재의 저편'으로 할까 싶어요. 죽음으로 이쪽과 저쪽 세계를 보고, 내가 아니라 나를 마주하고 있는 상대를 본다는 것, 사후 세계까지 저편이라는 게 참 넓은 영역을 갖고 있는 것 같아요."

준비하는 책이 또 있나요?

"가을이나 겨울에 5백 쪽짜리 책이 나올 것 같아요. 문단에 데뷔한 후 주제에 맞지 않아서 혹은 좀 미흡해서 밀쳐둔 글들하고 2017년 마지막 책 이후에 나온 산문, 고등학교 때 쓴 시와 잡문, 대학 시절에 쓴 글들을 모았습니다. 그거 말고 『한겨레』 칼럼을 모아 내려고 해요. 그러면 제 글쓰기 작업도 끝날 것 같습니다. 글쓰기는 사유죠. 그래서 글쓰기를 그만두면 사유를 끝낸다는 얘기가 되니까 섭섭해지데요. 내 생의 의미를 스스로 단념하는가 싶고. 그렇지만 묵은 세대의 글이 얼마나 쫀쫀하고 재미없는지 알게 되니까.(웃음) 더이상 추한 꼴을 안 보이는 게 좋겠다 싶어서 내년쯤에는 글쓰기 작업도 끝낼까 해요."

   인터뷰를 마치고 그가 매일 바라본다는 광장으로 나왔다. 사진을 몇 장 찍고 헤어질 때 50년 전, 30대 기자 김병익의 글이 생각났다. "나는 기자로 남아 있겠다. 기자는 유보하거나 포기하지 않고, 회피해서도, 물러나서도 안 되며 현장을 기억하고 기록해야 한다. 그러기 위해 나는 기자로 남아 있어야 한다." 그가 던졌던 '왜 기자로 남아 있는가'라는 물음은 당대의 우리에게도 유효하지 않을까.

〔『한국기자협회보』, 2023. 8. 7.〕

『존재의 저편』과 함께 읽은 책

고세훈, 『조지 오웰』, 한길사, 2012.

김건우, 『대한민국의 설계자들』, 느티나무책방, 2017.

김동현, 『천일의 수도, 부산』, 새로운사람들, 2022.

김인강, 『기쁨공식』, 좋은씨앗, 2011.

김진현, 『대한민국 성찰의 기록』, 나남출판 2022.

니컬러스 웝숏, 『새뮤얼슨 vs 프리드먼』, 이가영 옮김, 부키, 2022.

로버트 단턴, 『검열관들』, 박영록 옮김, 문학과지성사, 2021.

———, 『고양이 대학살』, 조한욱 옮김, 문학과지성사, 1996; 개정판
　　2023.

마해송, 『마해송 전집』(전 10권), 문학과지성사, 2013.

박찬국, 『삶은 왜 짐이 되었는가』, 21세기북스, 2017.

방정환, 『정본 방정환 전집』(전 5권), 한국방정환재단 엮음, 창비, 2019.

복거일, 『물로 씌어진 이름』(전 5권), 백년동안, 2023.

손세일, 『이승만과 김구』(전 7권), 조선뉴스프레스, 2015.

안재원, 『아테네 팬데믹』, 이른비, 2020.

월터 아이작슨, 『레오나르도 다빈치』, 신봉아 옮김, 아르테, 2019.

위평량, 『팔도 말모이』, 21세기사, 2022.

윌리엄 E. 월리스, 『미켈란젤로, 생의 마지막 도전』, 이종인 옮김, 책과함
        께, 2021.

유종호, 『사라지는 말들―말과 사회사』, 현대문학, 2022.

이청준, 『이청준 전집』(전 34권), 문학과지성사, 2017.

정우현, 『생명을 묻다』, 이른비, 2022.

제러미 리프킨, 『회복력 시대』, 안진환 옮김, 민음사, 2022.

천관우 선생 추모문집간행위원회, 『거인 천관우』, 일조각, 2011.

최정호, 『세계의 공연예술기행』(전 3권), 시그마프레스, 2006.

──, 『인물의 그림자를 그리다』, 시그마북스, 2021.

태가트 머피, 『일본의 굴레』, 윤영수 · 박경환 옮김, 글항아리, 2021.

한스 크리스티안 안데르센 원작, 『벌거벗은 임금님』, 김서정 글, 소윤경
        그림, 웅진주니어, 2021.

헨리 A. 키신저 · 에릭 슈밋 · 대니얼 허튼로커, 『AI 이후의 세계』, 김고명
        옮김, 월북, 2023.

저자 **김병익**은 1938년 경북 상주에서 태어나 대전에서 성장했고, 서울대 문리대 정치학과를 졸업했다. 동아일보 문화부에서 기자 생활(1965~1975)을 했고, 한국기자협회장(1975)을 역임했으며, 계간『문학과지성』동인으로 참여했다. 문학과지성사를 창사(1975)하여 대표로 재직해오다 2000년 퇴임 후, 인하대 국문과 초빙교수와 한국문화예술위원회 초대위원장(2005~2007)을 지냈다. 현재 문학과지성사 상임고문으로 있다. 대한민국문학상, 대한민국문화상, 팔봉비평문학상, 대산문학상, 인촌상 등을 수상했다.

존재의 저편— 만년의 양식을 찾아서

펴낸날 2024년 8월 29일

펴낸이 이광호
주간 이근혜
편집 이근혜 유하은 김필균 이주이 허단 윤소진
마케팅 이가은 최지애 허황 남미리 맹정현
제작 강병석
펴낸곳 ㈜문학과지성사
등록번호 제1993-000098호
주소 04034 서울 마포구 잔다리로7길 18(서교동 377-20)
전화 02) 338-7224
팩스 02) 323-4180(편집) 02) 338-7221(영업)
대표메일 moonji@moonji.com
저작권 문의 copyright@moonji.com
홈페이지 www.moonji.com

ⓒ 김병익, 2024. Printed in Seoul, Korea

ISBN 978-89-320-4310-4 03810

이 책의 판권은 지은이와 ㈜문학과지성사에 있습니다.
양측의 서면 동의 없는 무단 전재 및 복제를 금합니다.